大江戸科学捜査　八丁堀のおゆう
妖刀は怪盗を招く

山本巧次

宝島社
文庫

宝島社

目次

上野
浅草寺
浅草
不忍池
大川
神田明神
金物長屋
おゆうの家
両国橋
回向院
武田屋
馬喰町
松下町
橘町
日本橋
天祥楼
青物町
八丁堀
深川

大江戸科学捜査
八丁堀のおゆう
妖刀は怪盗を招く
地図
本郷
勘八長屋
湯屋横町
久松家屋敷
牛込御門
牛込
御城
南町奉行所

登場人物

おゆう（関口優佳）…元OL。江戸と現代で二重生活を送る

鵜飼伝三郎…南町奉行所定廻り同心

源七…岡っ引き

千太…源七の下っ引き

藤吉…同じく下っ引き

境田左門…南町奉行所定廻り同心。伝三郎の同僚

戸山兼良…南町奉行所内与力

芦部伴内…久松丹波守の用人

小橋紀右衛門…勘八長屋の浪人

春江…その娘

角太郎…鳶人足

崇善…料亭「天祥楼」の主人

小柴の鬼六…やくざ者

仙五郎…粉屋

宇田川聡史…株式会社マルチラボラトリー・サービス」経営者
通称「千住の先生」

大江戸科学捜査　八丁堀のおゆう　妖刀は怪盗を招く

第一章　早過ぎた鼠

一

「はい、誠にその、おかしな話ではございますが、包み隠さず申し上げます」

神田松下町代地、金物長屋の大家、昌兵衛は、自分の家の十畳ほどの座敷で両手をつき、呼ばれてやって来た南町奉行所定廻り同心、鵜飼伝三郎に向かって言った。その後ろには、長屋の住人八人が神妙に控えている。

一方、伝三郎の左右には、岡っ引きの源七とおゆうが、助手役として座っていた。二人とも、いったい何の事件なのかまだ聞いていない。だが昌兵衛が「おかしな話」と言うからには、単純な盗みや喧嘩の類いではなさそうだった。

「実は昨晩、長屋のうち八軒に、金が投げ込まれましたので」

「何、投げ込まれた？　盗られたんじゃなくってか」

源七が、いかつい造作の顔に頓狂な表情を浮かべて問い直した。伝三郎が横目で、まだ口を出すなと制する。源七は慌てて唇を引き結んだ。

「投げ込まれた金は、幾らだ」

伝三郎が落ち着いて尋ねる。

「はい、一両ずつ。小判一枚でございます」

昌兵衛は住人たちを振り返って、間違いないねと念を押した。八人が、揃って頷く。

昌兵衛は懐から、懐紙に包んだものを出して畳に置いた。

「これがその小判で」

伝三郎が、うむ、と頷き、包みを引き寄せて中を検めた。確かに小判が八枚。真新しいもののようだ。

「本物と見えるな。気付いたのは、いつだ」

「真夜中のことで、しかとはわかりかねますが、八ツ（午前二時）か八ツ半頃ではないかと」

「初めに気付いたのは、誰だ」

「あっしです」

住人の一人が顔を上げて言った。

「材木屋で人足をやっておりやす、貫吉と申しやす。朝が早えもんで、夜中過ぎになると、ちょっとの音でも気になりやして。で、土間の方で何か、水甕に当たったような音がしたんで、起き出して見てみたがよくわからねえ。そのままにしたんですが、朝になってもういっぺん見たら甕の横にその小判が落ちてやしたんで、びっくり仰天でさあ」

口の周りに無精髭が目立つ貫吉は、そこまで一気に喋って頭を搔いた。

「そうしたら、起き出したかかあが大声を出したんで、みんな寄って来ちまって」

女房が騒がなければそのまま小判を頂戴したのに、とでも言いたそうね、とおゆうは思った。同様に感じたらしい伝三郎が睨むと、貫吉は身を竦めた。

「それで寄り集まってみたら、どの家にも小判が落ちてたのがわかって、こりゃあ変だ、誰の仕業だとなりやして、大家さんに知らせたわけなんで」

「そうか。そのまま懐に入れず、御上に届けたことは褒めてやろう」

伝三郎の言葉に、貫吉始め長屋の面々は、ほっと安堵の息を吐いた。

「土間ってことは、入り口の障子から放り込まれたのか」

「へい。破れ目なんて幾つもありやすから」

それを聞いて、おゆうはくすっと笑った。確かにこの長屋、有り体に言うと貧乏長屋だ。羽目板や障子には穴が幾つも開いたままで、板張りの屋根も雨が漏りそうだ。家主が近所の金物屋なので金物長屋と呼ばれているが、大店というわけでもなく、長屋にかける金はあまりないらしい。

(今は夏場だからいいけど、冬には目張りしないと寒そうだなあ)

ちょっと見回すと、大家の昌兵衛の家にしたところで、結構安普請のようだ。この座敷も、広いがだいぶ煤けている。これならおゆうの家の方が、数段立派な造りである。

（こんな長屋の人が小判なんか持ってたら、それだけで悪目立ちしちゃう。届け出て正解ね）

そんなことを思っていると、昌兵衛が重要な話を持ち出した。

「その投げ込みがあったと思われる時分ですが、うちの木戸番が怪しい人影を見ておりますので」

「ほう。どんな様子だった」

伝三郎が聞くと、隅っこに座っていた影の薄い老人が、ぼそぼそと答えた。

「へえ。昨夜は夜回りをしてましして、ちょうど帰ってきたとき、何か黒い影が長屋の木戸を飛び越えて、表店の屋根に移ったのがちらりと見えましして」

「間違いなく、人だったのか」

「へえ。ぼうっとした月明かりでしたが、人のように見えました」

「で、それを見たのが八ツから八ツ半くらい、というわけか」

「その通りで」

ふうむ、と唸る伝三郎の横から、源七が口を出す。

「旦那、木戸を飛び越えて屋根に移るなんざ、なかなかの技じゃねえですかい」

「ああ。手練れの盗人のようだな」

伝三郎も賛同した。

「この春の、あの賊を思い出しやすね」

おゆうは、眉をぴくりと震わせた。源七の言うのは、四軒の大店を襲った凄腕の賊のことだ。その賊には、ただの盗みではない複雑な事情があったのだが、おゆうとしては、個人的事情であまり現れてほしくない相手である。

「いや、あそこまでの腕前の奴は、そうそういるもんじゃねえ。何より、それらしい盗人に入られたってぇ訴えが出てねえじゃねえか」

伝三郎が春の賊の話に乗らなかったので、おゆうはほっとしたが、盗人の被害届がない、というのは確かだった。この長屋に撒いたのが八両。十両盗めば死罪というのに、わざわざ他人に恵むためだけに盗みを働くとも思えない。罪滅ぼしか何かの意図で貧乏長屋に施しを行ったというなら、少なくとも百両程度は盗んでいるだろう。が、昨夜を含め、ここ数日でそんな事実は耳にしていなかった。

「でも、どうしてこの長屋なんでしょう。昌兵衛さん、何か心当たりは」

おゆうが尋ねてみたが、昌兵衛は首を傾げた。

「さあ、それは。手前の方が知りたいくらいで」

江戸に星の数ほどある貧乏長屋の中で、賊がここを選んだ理由は何かあるだろう。盗みを働いた先のすぐ近所だったか、知り合いでも住んでいたのか。

「よし、その八両は奉行所で預かる。まず長屋を見せてもらおう」

伝三郎は懐紙を出して預かり証を書き、昌兵衛に渡すと八両を懐にしまった。昌兵衛は、ご案内いたします、とその場を立ち、長屋の住人たちを促して外に出た。

金物長屋は、ごく一般的な棟割長屋だった。一棟の建物を真ん中で縦に仕切り、背中合わせに四軒ずつが並んでいる。それが向き合う形で二棟。その真ん中と両側に、細い通り道があって、敷地の入口の木戸と井戸、厠に行けるようになっている。賊は真ん中を走り抜け、両側の四軒ずつに通り過ぎざま、小判を放り込んでいったらしい。

「全部で十六軒住んでいるうち、内側に面した八軒だけに投げ入れたんですね」

おゆうは左右の棟を交互に見ながら、言った。これでは、同じ長屋に住みながら、金を得られた家とそうでない家ができて不公平だ。揉め事の原因になるに違いなく、金を届け出たのは賢明だろう。

住人たちは一つに固まって、囁き合いながら専らおゆうの方を見ている。近頃は巷で、東馬喰町にえらく別嬪で凄腕の女岡っ引きがいると評判になりつつあるらしく、もしかするとそれが耳に入っているのかもしれない。おゆうとしては痛し痒しだ。

「あっちは何だ。隣の長屋か」

くすぐったく思っていると、伝三郎が北側の塀を指して言った。昌兵衛が「左様で」と応じる。

「こっちの表店では、盗人に入られた様子はねえんだな」

続いて東側を指した。そちらは飯屋、貸本屋、古着屋などで、大金を置いているような店はない。その先、通りの向こう側は小禄の御家人たちの屋敷が集まっている界隈で、すぐ近所に大店などはなかった。反対の西側はまた町家が連なり、そのさらに先は豊前小倉十五万石の小笠原家、越後村松三万石の堀家などの大名屋敷が並んでいた。

「走り過ぎながら金を撒いて、南側にある木戸を乗り越えたってことは、北側から入ってきたことになりますね」

そうだな、と応じながら伝三郎は鋭い目で塀を見つめる。伝三郎は三十過ぎの男盛り。こうして何か考え込み、端正な顔に真剣な表情を浮かべている様子は何度見ても素敵だな、などとおゆうはつい思ってしまう。

「しかしあっちは縦に町家が繋がって、その横は大名屋敷だ。でもって、突き当りが寛永寺。どうも盗人の仕事場としちゃ、稼ぎ辛そうだが」

ちょっと見とれていたところへ、伝三郎が振り向いて言ったので、さっと頷いた。

「そうですね。やっぱりこの長屋に何かいわくがあったんでしょうか」

「うーん、そうも思えねえが……」

伝三郎は長屋を見渡して呟いた。確かに秘密がありそうな場所には見えない。

「本当にここだけなんでしょうか」

「うん？　どういうことだ」

おゆうがふと漏らしたのを聞いて、伝三郎の目が光った。

「はい。もし、ただここが貧乏そうな長屋だからという理由でお金を撒いたなら、他でもやってるんじゃないかと。他では届け出をしないで、そのままお金を貰ってしまっているかもしれません」

「ふむ……そいつはあり得るな」

伝三郎はまた少し考え込んだ。それから得心したような顔になって、源七とおゆうに言った。

「よし、この界隈で同じような話が出ているか、捜せ。金を懐に入れちまったとしても、人ってのはそういう話を黙ってられねえもんだ。噂だけでも流れてねえか、拾い上げるんだ」

「へい、承知しやした」

源七とおゆうは伝三郎に一礼すると、金物長屋を出ていった。

下谷御成街道へ出て神田川の方へ歩きながら、源七は首を捻った。

「どうにも妙な話だよなあ。金を盗るんじゃなくて投げ込んでいくなんて、今まで聞いたことがねえぜ」

「何せ小判ですからねえ。投げ込まれた人たちも、却って困ったんじゃないですか」

「まあ、明日にも借金を返さねえと一家で首をくくるしかねえ、てなところだったら、有難くて涙が出ただろうがな。貧乏でもそれなりに日々の暮らしが立ってる連中なら、薄気味悪いと思うだろうぜ」

「そうですね。寧ろ小判じゃなく、一分とか二朱だったら、こりゃあ得をしたって使っちゃったかもしれませんね」

「違えねえ。俺だって、朝起きて土間に二朱金が落ちてたら、有難く頂戴するさ。いったい小判なんぞ投げ込んだ奴ァ、何を考えてたんだろうな」

源七は腕組みをして、どんな野郎なんだ、まさか金持ちの道楽じゃねえだろうな、などとぶつぶつ言っている。が、おゆうの方は一つ、気になることがあった。

「これってまさか、あいつなのかな……」

つい声に出てしまったらしい。源七が訝し気にこちらを向いた。

「何だい。何か言ったかい」

「ああ、いえいえ。ほんとにどんな変わり者か、って」

笑って誤魔化すと、源七は「まったくだ」と返してきた。そこで神田仲町の広小路に出たので、源七は右手を指した。

「俺は、千太と藤吉を呼んで、湯島から明神下の方へ回ってみるわ」

「わかりました。じゃあ、私は相生町から佐久間町の方へ回りますね」

二人はそこで別れて、東と西へ向かった。

（もし本当にあいつなら、とってもわくわくしちゃうけど）

相生町の幾つかの長屋を目指して歩きながら、おゆうは独り微笑んでいた。


相生町から佐久間町を巡り、福井町を通って大川端まで行ってみたが、これはという話は聞けなかった。

「そんな有難ぇ奴がいるなら、是非ともうちの長屋へも来てもらいてえもんだ」

住人たちの反応は、ほぼそんなところだった。おゆうも「そうですよねえ」と返すしかない。

日も暮れてきたので、家に戻った。仕舞屋風の二間の家はしっかりした建て方で居心地も良く、結構気に入っている。三日に一度くらいは伝三郎が寄ってくれるのだが、今日は奉行所に用があるとかで、来られないそうだ。それは仕方がないが、一度くらいは泊まってほしいのにな、とおゆうはいつも思っている。

（近所じゃ、とっくにそういう仲だと思われているのに……）

もう慣れたとはいえ、なぜだか最後の一歩を踏み出してこない伝三郎が、時々恨めしい。

（ま、今日のところは、こっちも調べることを調べましょう）

おゆうは一度点した行灯から手燭に火を移し、行灯を消して押入れの襖を開けた。手燭を置いて照らしながら、奥の羽目板を動かす。その裏側に潜り込むと、羽目板を元に戻して階段に置いた懐中電灯を手に取り、手燭を吹き消した。いつも通りの手順だ。

階段を上り、途中の部屋で着替えを済ませると、さらに上へ行って次の羽目板を横に開く。この瞬間、江戸東馬喰町の岡っ引きおゆうは、二百年の時を超えて東京都中央区民の元ＯＬ、関口優佳へと切り替わる。

納戸の扉を押し開け、廊下に出た。壁の時計を見上げる。午後七時。家の中は、東京の都心部にあるとは思えないほど、静かな空気に満ちていた。

冷凍パスタを解凍してカップスープと一緒に腹に収めてから、優佳は二階の自分の部屋に行った。パソコンを立ち上げ、検索ワードを打ち込む。

「さあ、あいつなのかどうなのか教えて頂戴ね」

優佳はパソコンの画面に向かって、独り言を呟いた。それに応じたのかどうか、画面にはたちまち大量の情報が溢れだす。優佳は最初の項目をクリックした。タイトルは「鼠小僧」。まさしく優佳が入力したワードだ。

（貧乏長屋に金を撒く、といったら、まずこいつだよね）

金物長屋で話を聞いて、すぐに頭に浮かんだことがこれだった。もし本当に鼠小僧を追えるのなら、こんな面白いことはない。映画の主人公になるような感覚だ。

何しろ歴史に残る大泥棒なので、正体も判明している。寛政九年（一七九七年）生まれの鳶人足、次郎吉だ。武家屋敷を専門に、十年にわたり八百件以上の侵入窃盗を繰り返していた。ただし、逮捕、処刑されたのは天保三年（一八三二年）と明確にわかっているから、おゆうと伝三郎が逮捕できるわけではない。

（それでも、もし本人に出会えたらすごいなあ）

優佳の心は、逸っていた。

（顔だけでも拝めたら、嬉しいんだけど）

相手が犯罪者なのも忘れて、そんなことを考えながらスクロールしていく。そこで、はっと手を止めた。

（あれ？）

記述の一か所に、釘付けになった。

（これって、どういう……私、間違ってたのかな）

優佳は当惑と落胆の入り混じった気分で、しばらくその画面をじっと眺めていた。

翌朝。早めに起きて江戸に戻ったおゆうは、三十分もしないうちに伝三郎の声を聞いた。

「おうい、おゆう。起きてるか」

「あ、はい。いま行きます」

おゆうは急いで表戸を開けた。伝三郎がこんな時間に来るのは珍しい。早起きしてこっちに来ておいて、良かった。

「鵜飼様、おはようございます」

「おう、朝早くから悪いな。ちょっと一緒に奉行所まで来てくれ。戸山様が、何か話があるそうだ」

「朝の五ツ（午前八時）に戸山様が？　何事でしょう」

「昨日の金物長屋の一件に関わりがあるらしい。気の利いた岡っ引きを、二、三人連れてこいってことだ」

戸山兼良は、南町奉行所の内与力だ。幕府役人の与力同心とは違い、本来は奉行の筒井和泉守の用人なので、戸山から直接の話がある場合は、ほぼ全てが奉行からの内々の指示であった。

「また何か、厄介なことが起きたんでしょうか」

「そのようだな。ま、行ってみりゃわかる。源七も呼んでおいた」

「はい、それじゃお供いたします」

おゆうは奥に入って手早く髪を整え、簞笥から十手を取り出して帯に差した。やはりこうすると、気分が引き締まる。


おゆうの家から南町奉行所まではおよそ三十町、三キロと少しだ。歩いても、四、五十分ほどである。その道のりを、わざわざ八丁堀から遠回りで迎えに来てくれた伝三郎と、連れ立って歩いた。この時代、男が武士ならば一緒に歩くとき女は一歩下がるものだ。加えて同心と目明しという身分差もあるのだが、おゆうはお構いなしに横にくっついている。そんな姿が、二人が相当深い仲だと噂される理由にもなっているようだ。が、嬉しいことに伝三郎に嫌がる様子はない。

伝三郎が開いている飯屋を見つけ、朝飯を食っていこうと誘った。ちょっとしたモーニングデート気分である。と言っても、カフェオレとパンケーキではなく、ご飯と汁物だが。

「同じようなことがあった長屋は、見つからなかったんだな」

汁を啜りながら、伝三郎が聞いた。

「はい。源七親分と合わせても、聞き込みできたのは神田明神から大川までの間だけですし、もう少し離れたら見つかるかもしれませんが」

「江戸中を当たるってわけにもいかねえだろう。神田川の南は大店が多い。そっちの方で大金を盗られたって話は出てねえ」

「でも、それは神田や下谷の方でも同じです。この賊、ばら撒いたお金をどこから持って来たんでしょうか」

「うーん、考えがなくもねえが……ま、戸山様の話を聞いてからにしよう」

伝三郎はそこで話を止め、汁の残りを飯にかけてかき込んだ。


奉行所に着くと、門前で待っていた源七と共に、奥の方へ通るよう言われた。案内されたのは、戸山の私室の前である。伝三郎が先に入った後、庭先に控えていると、戸山自身がその大柄な体軀を縁先に現し、座敷に上がるよう言った。やはりまた内緒ごとのようだ。

「おゆう、この前はご苦労だったな」

戸山は口元に笑みを浮かべて、おゆうに言った。先月、ロシア人が絡むという大事件で常陸の鉾田まで出向いたことを指しているのだ。おゆうは、恐れ入ります、と畳に平伏した。

「さて、内々に呼んだのは昨日の神田松下町の一件じゃ」

「は、あれにつきましては、まだこれと申しましまして……」

伝三郎が恐縮すると、戸山は手を振った。

「よい。実はそれに絡んで、いささか外聞を憚る話があってな」

伝三郎の顔つきが厳しくなった。おゆうと源七は、後ろで顔を見合わせた。

「左様で。やはり、大名屋敷でございますか」

伝三郎の言葉に、戸山が眉を上げた。

「知っておったか」

「推測はいたしておりました」

ふむ、と戸山は頷いた。

「さすがだな。この二月ほどの間に、大名や大身旗本の屋敷が盗みに入られておる。わかっておるのは二件だが、他にもある、と思われる」

「同じ者の仕業、とお考えで」

「うむ。いずれも屋根から入り込み、奥座敷の手文庫などから金を奪っておる。土蔵破りのような大掛かりなことは、しておらぬ」

「では……賊は一人と思われますな」

「おそらくは。何人もが入り込んだという証跡はないようだ」

「盗られた金子は、いかほどになりましょうや」

「それが、しかとはわからぬ。どの家も、全てを話してくれたわけではないのでな」

それは厄介ですな、と伝三郎が嘆息した。

「こちらから事情を聞きに参る、というわけにもいかぬ。確かに困ったことじゃ」

「戸山様は、この話をどこから……」

「盗みに入られた屋敷の御留守居役や用人から、内々でな」

戸山は幾つもの藩の江戸屋敷に、コネクションを作り上げている。持ちつ持たれつの関係で、事件になりそうな事柄について、非公式に相談を受けることが度々あるようだ。だが武家屋敷の中は奉行所の管轄外であり、あくまでも相談なので、出向いて事情聴取することは難しい。

「あの、恐れながら」

おゆうは源七がびくっとするのを尻目に、少しだけ膝を進めて戸山に直に問いかけた。

「それらの御屋敷には、大勢のお侍様が詰めておいでのはず。どなたも、その場ではお気付きにならなかったのでしょうか」

「うむ、お前の言う通りだが」

戸山は気を悪くした風もなく、答えた。

「何人かの不寝番は置いていたかもしれぬが、いささか怪しい。皆が白河夜船で気付かなんだ、というのが本音であろう。そんなことを口には出すまいが」

戸山の顔に薄笑いが浮かんでいる。伝三郎も「なるほど」と漏らした。

「賊にあっさりとしてやられたのは御家の恥。外には出せぬというわけですな」

「それでは、金物長屋に投げ込まれた小判は、そうした御屋敷から盗まれたもの、ということでございましょうか」

改めておゆうが尋ねると、戸山は「いかにも」と頷いてみせた。

「昨日の昼過ぎ、上総久留里藩黒田豊前守様の御用人から相談を受けた。一昨日から昨日にかけての深更、天井を破って賊が入ったらしいとのことでな。額ははっきり申されぬが、小判で十両ばかり、盗まれたらしい」

これを聞いておゆうも合点がいった。久留里藩三万石の上屋敷は神田松下町代地の北東で、小倉藩小笠原家の屋敷の隣である。金物長屋からの距離は、せいぜい三町ほどだ。賊は長屋の北から南へ抜けた、という見立てにも合う。

「下谷から神田への界隈は、町家とはいえ医者や町役人の拝領地が多く、ああいう長屋はそう何軒もない。逃げる途中、真っ先に目に付いた長屋に金を放り込んだと見れば、辻褄は合う」

戸山の言う通りだろう、とおゆうも思った。であれば、金物長屋は無作為に選ばれただけ、ということになる。逆に金物長屋に金を撒くため、近所にあった久留里藩の屋敷を狙ったという見方もできなくはないが、わざわざ大名屋敷を選ぶ必要はないだろう。

「よくわかりました。しかし、大名屋敷ばかりを狙う理由は」

「それじゃ。おそらく、恥を恐れて表沙汰にせぬ、と思うてのことであろう。だが……」

ここで戸山は、少し声を低めた。

「もし仮に、御政道への不満を表すため大名家を襲っておるとしたら、これは由々しきこと」

「は？　つまり、大名などと言ってもこのようなもの、盗人一人防ぐこともできぬと暴露し、武家、ひいては御上に恥をかかせようと……」

「そこまではっきり申すな」

戸山は顔を顰(しか)めて伝三郎を止めた。

「そういうこともあり得るというだけじゃ。よって、早急にこの賊を捕らえねばならぬ。我ら町方として直に関われるのは、この金物長屋の一件だけ。心してかかれ」

伝三郎たち三人は、「ははっ」と頭を下げた。

「そこで、もう一つ」

戸山は少し口調を変え、さらに声を落とした。

「実はな、賊に入られたさる大身旗本の御用人が、折り入っての話があると言うてこられた。これはさらに内々の話じゃ」

「ほう。それでは、詳しいお話が聞けるということですか。それは助かります」

伝三郎が喜んだ顔を見せると、戸山は待て待て、と制した。

「そんなことを持ちかけるのは、何か面倒な事情がある、ということだ。とにかく話を聞いてみねば、何とも言えぬ。奉行所ではできぬ話ということで、回向院近くの料理屋に部屋を用意させた。今宵、皆そこへ参るように」

これはまた異例な、とおゆうは驚いた。戸山とその用人だけならわかるが、町人の岡っ引きであるおゆうと源七まで同席せよとは。相手は余程、外に漏らしたくないのだろう。横目で見ると、源七も戸惑っているようだ。

「承知仕りました。では、今宵」

伝三郎が返答し、三人は深々と一礼して、戸山の部屋を辞した。

筆頭同心の浅川源吾衛門に、ざっと事情を報告しておくという伝三郎は奉行所に残り、おゆうと源七は表に出た。御堀沿いに北の方へ歩きながら、源七は浮かない顔である。

「参ったたな。御旗本から、どんな無理難題を言ってこられるのかね」

「話を聞かないうちから、そう気を回しても始まりませんよ」

「そうは言っても、この変な一件、初めてづくしだからなあ」

そうして鬼瓦の親類みたいな顔に困惑が広がっていると、可愛く見えてくるのが面白い。

「大名屋敷から金を盗って貧乏人に撒く、っていうと、善人みたいに聞こえちまうのが怖えな。だいたい、お大名のご家来は何やってんだ。その場で無礼打ちに叩っ斬ってくれてりゃ、手間が省けたのに」

「そんな物騒なこと、言わないで下さいな」

おゆうは眉をひそめた。しかし源七の言うような危険もあるのに、それを顧みず侵入しているのは、相当な自信を持っていたからだろうか。

「これってほんとに、鼠小僧そのものなんだけどなあ……」

つい声に出してしまった。

「え？　鼠小僧？　何だいそりゃ」

まずい。源七に聞こえたか。

「あっ、いえその、何て言うか、鼠みたいにちょろちょろしてすばしっこい奴だなあ、なんて思って……」

慌てて取り繕ったが、逆効果だったようだ。

「ふうん、そうか。なるほど、屋根を走るし姿をなかなか見せねえ奴だ。鼠ってのはぴったりだな。うん、鼠小僧か。気に入った」

わあ、ちょっと待ってよ。その名前、まだ使っちゃ駄目なのよ。焦って言おうとしたが、それはできない。おゆうは、勝手に頷いている源七の後ろで、あーあと溜息(ためいき)をついた。

二

暮れ六ツ（午後六時）を過ぎた頃、おゆうたちは戸山の指定した「花泉(はないずみ)」という料理屋に集まった。通されたのは二階の一番奥で、密談には適していそうな独立した座敷だった。

「ずいぶん高そうな店じゃねえか。どうも落ち着かねえな」

座布団に座った源七が、きょろきょろと目を動かしながら言う。自分も女房のお栄(えい)に「さかゑ」という居酒屋をやらせているが、この店は全然格が違う。どうかすると、一晩で一両くらい飛ぶかもしれない。

座って待っていると、膳が運ばれてきた。炊き合わせ、細工物、刺身といった立派な料理が並んでいる。が、上座の二席は空いたままだ。

「どうぞ、まずは皆様方でお済ませください。あちらの方々は、後ほどお見えになります」

女将が挨拶に来て言った。どうやら戸山と御用人は、別室で食事を済ませているらしい。これは戸山が御用人に気を遣ったか、おゆうたちへの配慮か。

「それじゃ、遠慮なく頂戴しよう」

伝三郎が言うので、源七もそうっと箸を付けた。途端に顔が綻ぶ。

「こいつは旨えや。うちの店とはさすがに違わぁ」

そりゃあ店構えを見りゃ、わかるだろうと伝三郎がからかった。おゆうも料理を口に運ぶ。確かに凝った料理で、味も素晴らしい。しかし饗されるものが上等だと、それだけ向こうの話も厄介なものでありそうな気がするが……。

三の膳まで出て、料理は終わった。さすがに酒は控えたが、源七はすっかりいい気分になっている。そこへ、膳が下げられるタイミングを計ったように、座の主が現れた。源七の顔にも、さっと緊張が走る。

「どうだ。料理はなかなかのものだろう」

上座についた戸山が、軽い調子で言った。それに続き、初老の侍が入って戸山の隣に座を占めた。御用人の登場だ。三人はうち揃って畳に手をついた。

「こちらは、旗本四千五百石、久松丹波守様の御用人、芦部伴内殿じゃ」

「芦部伴内でござる。此度は、面倒をかける」

そう挨拶した芦部は、五十前後と見えた。髪は半ば以上白くなっているが、いくらか太目で、それなりの貫禄がある。だが隣の戸山が普通よりだいぶ大きいせいか、ひと回り小さく見えた。

「早速だが、これよりは内密の話じゃ。近う寄れ」

戸山が差招くので、おゆうたちは前に進んで、小声でも聞こえる距離に座を占めた。

「一月近く前、丹波守様の屋敷に例の賊が入った」

これは承知の話なので、おゆうたちは黙って先を待つ。

「金はいくばくか盗まれたが、実はそれだけではない。この先は、芦部殿よりお話しいただく」

伝三郎の眉が上がり、一同は芦部に注目した。芦部は一度咳払(せきばら)いして、話し始めた。

「件(くだん)の賊は、我が屋敷の天井を破り、奥座敷に入りおった。大胆不敵にも、殿の寝所のすぐ近くじゃ。そこにあった手文庫より、金子二十両ほどが盗まれておった」

そこまでは、他の屋敷と同じ手口らしい。問題はその先のようだ。

「金子はさほど大事ではない。が、座敷の床の間に、脇差が一振り置いてあった。それも奪われたのじゃ」

脇差か。刀一本だが、芦部の様子からすると、余程の逸品らしい。

「それは、御家の家宝のようなものでございましょうか」

伝三郎が尋ねると、芦部は苦渋の表情になった。

「いかにも。しかも、その作にいささか曰くがござってな」

「曰くと申されますと……」

そこで伝三郎が、何か察したようだ。その様子に、芦部が頷く。

「左様、千子村正じゃ」

これを聞いた源七が、遠慮も忘れて目を丸くした。

「えっ、村正ってぇと、あの妖刀村正ですかい」

戸山が、これ、と目で叱った。源七が小さくなる。おゆうは取りなそうと口を出した。

「村正とは、畏れ多くも東照神君様に仇なす刀などと巷に噂されますが、それは後世の戯作者などによるもの。実際としては比類なき名刀、と聞き及びます。秘蔵なされている御家も幾つかあるのではと存じますが」

「ほう、町人の女子にしてはよう存じておるのう。さすがは戸山殿の眼鏡にかなうだけのことはある」

芦部は感心したように言った。

「恐れ入りましてございます」

江戸に関して仕入れた、様々な雑学の中にあった話だ。言ってはみたものの、それ以上のことはおゆうもよく知らない。東京の友人に近頃流行りの刀剣女子でもいれば、すぐ聞いてみたいところだが、生憎心当たりはなかった。

「そのような大事な御刀であれば、御屋敷の蔵にしまわれているのではございませんか。まして村正となれば」

伝三郎が問うと、芦部は「その通り」と答えた。

「常ならば、箱に入れて蔵にしまってあるのだが、賊に入られた日の翌日、刀自慢の集まりのようなものがあってな」

「刀自慢、ですか。つまり、銘刀を披露し合う会、と」

「左様。内々の集まりで、旗本の他、刀道楽の町人も入っておる。外には話さぬという約定で、村正を出したこともある」

芦部がまた渋面になった。殿様がそういう会に秘蔵の銘刀を出すことに、賛成ではないのだろう。

「と申されますと、他にも村正をお持ちで」

「他に大刀が二振り、ござる。いずれも三河以来の、代々伝わる品じゃ」

「ではその脇差は、集まりで披露するために蔵から出しておかれたのですか」

「うむ。殿がご自身で手入れされ、奥座敷の床の間に置いておられた。それに賊が目を付けたのであろう。返す返すも、残念至極」

「そりゃあ、手文庫の傍にそんな銘刀がありゃ、持ってこうって気になりやすでしょうねえ」

源七は同情するように言ったが、また戸山に睨まれてしまった。

「こう申しては何でございますが、その御刀のお値打ちは、いかほどになりましょうか」

おゆうが思い切って尋ねると、芦部はちょっと首を捻った。

「正直、何とも言えぬ。村正の逸品となると、値などあってなきようなもの。好事家であれば、二百両や三百両、いやもっと出すかもしれぬ」

三百両以上、と聞いて源七が息を呑んだ。

「村正であること、盗んだものであることを考えれば、表立っては売れまいが」

戸山が言った。それは間違いない。売るとすれば、闇マーケットでマニアに、という線しかないだろう。

「その刀自慢の会は、どうされましたか」

「村正はいささか不都合があって此度は出せぬので相済まぬ、と詫び、代わりに長船忠光を」

「銘刀を数多くお持ちなわけでございますな」

伝三郎の言葉は、多少皮肉っぽく聞こえたかもしれない。芦部は困ったような顔をした。

「いずれも代々伝わるもの。当家秘蔵の宝でござる」

「ご無礼いたしました」

伝三郎は素直に詫びた。

「それほどの刀、賊が持っていても仕方がありません。いずれは金に換えようとするはず。闇で売ったとしても、時をかければ必ず見つけられましょう」

安心させるように言ったはずだが、芦部はまた難しい顔になった。

「そうではあろうが、村正であるがゆえの事情がござってな」

「と、言われますと」

芦部は躊躇（ためら）いながら、伝三郎と源七とおゆうの顔を、順に見た。ここで言ってもいいものか、迷っているようだ。最後に戸山の顔を窺（うかが）う。戸山は、話して差し支えないと目で促した。芦部は、意を決したように口を開いた。

「まだごく内々の話ではあるが、我が殿を次の長崎奉行に、という話がござる」

「ほう……それは誠に祝着（しゅうちゃく）にございます」

伝三郎は、ごく自然に祝いを述べた。長崎奉行職には大身旗本が任ぜられ、南町奉行筒井和泉守の前職もそうだった。唯一の開港地である長崎の統治責任者という重要ポストだが、格式だけでなくその実益も、大層なものだった。長崎貿易に携わる商人やオランダ人から、相当な礼金が懐に入る。その上、調査名目で海外産品を免税で購入できるため、それを国内で売りさばいて少なからぬ利益を手にすることができた。ひと言で言えば、非常に美味しいポストだったのである。

「しかしながらその、あくまで内々の話。公に決まったものではない」

芦部の言い方が、奥歯に物が挟まったようになった。

「何かございますか」

「うむ……つまるところ、長崎奉行職を望むお方は、他にもおいでなので」

ははあ、そういうことか。プラスが多いだけに、なりたい旗本は何人もいる。そこで猟官運動、要するにポストを狙ってライバル間の争いが、度々生じるわけだ。

「そう言えば、寄合の柏木左京亮(かしわぎさきょうのすけ)様が以前より、長崎奉行職を望んで様々に働きかけておられる、とは聞いておりますな」

戸山が事情通らしく言った。筒井和泉守が先代の長崎奉行である関係で、そうした動きは当然、戸山の耳に入っているだろう。どうやら久松が柏木に一歩先んじた、というところか。久松丹波守にしても、同様の売り込みを方々にしていたはずだ。

「村正のことが差し障りになる、とのご心配で」

伝三郎は芦部の表情を窺うように聞いた。芦部は口元を歪(ゆが)めた。

「寛永(かんえい)の頃より、長崎奉行と村正は相性がよろしくない」

意味深な言い方だ、とおゆうは思った。曰く因縁があるらしく、戸山と伝三郎は、腑に落ちたような顔をしている。

「丹波守様としては、村正のことを今、表には出したくないというわけでございますな」

伝三郎が確かめると、戸山と芦部は揃って頷いた。

「当家の勝手な都合を言うようで申し訳ない。しかしながら、御家の命運がかかっておる以上、恥を忍び、伏してお願いいたすしかござらぬ。何卒、事情ご賢察のうえ、よしなに」

芦部はそれだけ言って、丁重に頭を下げた。どうやら話はこれで終わりらしい。

「相わかり申した。相手は盗人である以上、我ら町方としても放ってはおけぬ。悪いようにはいたしませぬゆえ、ひとまずお任せを」

戸山は芦部に向かって言い切った。伝三郎は、気付かれぬ程度に渋い表情を見せた。

「かたじけない。どうか、お頼み申す」

芦部は戸山だけでなく、おゆうたちにまで改めて頭を下げた。だいぶ追い詰められているらしく、藁にもすがるような態度だ。おゆうも少し気の毒になってきた。

「さて鵜飼、事情はわかったと思うが、捜す当てはありそうか」

芦部を送り出した後、一旦座敷に取って返してから、戸山が言った。伝三郎は腕組みをして、うーんと唸る。

「村正を見つけるのが先、となれば、そいつを買い取りそうな好事家を虱潰しにしますか。ですが、あまり目立つ動きをして、噂が立っても困るわけでございましょう」

「そうなのだ。だからあまり大掛かりにせず、お前たちに頼んでいる」

命じている、ではなくお願いベースか。戸山も、無理を承知で下手に出ているのだ。

「先ほど戸山様もおっしゃったように、相手は盗人ですから無論突き止めてひっ捕らえますが、丹波守様のお立場だけ考えるというのも、如何かと……」

伝三郎はやはり、旗本一人の都合で使われるのが気に入らないようだ。

「何か丹波守様に義理がおありで？」

単刀直入に聞くので、戸山は一瞬嫌な顔をした。が、仕方ないなと溜息をついた。

「実は、丹波守様を長崎奉行に推挙した一人が、御奉行なのだ」

「ああ、なるほど」

伝三郎が苦笑する。おゆうにも、何となくわかった。前任の長崎奉行であるからには、筒井も次期奉行の人事にそれなりの影響力があるだろう。その筒井が推した久松丹波守が、家の事情でコケたとあっては、筒井の顔が立たない、との配慮なわけだ。

「承知仕りました。仰せの通りに動きます。何もお約束はできかねますが」

「それで良い。頼む」

戸山は、安堵したように言った。

花泉を出て戸山と別れた後、伝三郎がちょいと飲み直そう、と言うので、揃っておゆうの家に行った。酒は買い置きがあるが、肴は漬物くらいしかない。東京の冷蔵庫にはサラミとカマンベールがあるが、無論そんなものを出すわけにはいかない。

「肴はいらねえよ。花泉で充分食わせてもらったからな」

伝三郎が言うのに源七も従ったので、三人は冷や酒入りの大徳利を囲んで車座になった。

「あっしは、村正てぇのはご禁制だとばかり思ってやしたが」

源七が、盃代わりの茶碗から酒を一口啜って、言った。

「公に、ご禁制だと書いたものがあるわけじゃねえ。旗本御家人の間で、持つべきもんじゃねえと申し合わせたってところかな」

伝三郎が答えて、おゆうの注いだ酒を一気に干した。やっぱり戸山の頼みが、あまり面白くないようだ。

「だから町人が持ってたとしても、御定法には触れねえ。どこかの金持ちが村正の脇差を持ってたとしても、出所を確かめて盗品だとの証しが出ねえと、引っ括れねえんだ」

「何だかややこしいですねえ」

源七は首を振ってから、おゆうの方を向いた。

「けどおゆうさん、よく知ってたなあ。村正がそういうもんだってことをよ」

「ええ、ちょっとどっかで小耳に挟んで」

言いながらおゆうは、まずかったなあと悔やんでいた。村正が徳川家に災いをもたらす妖刀との話が都市伝説の類いだということは、現代の資料には常識的に書かれている。だがこの江戸では、世間一般に妖刀説が定着しているのだ。幕閣の幹部や上級旗本たちなら、これが眉唾の話だと理解しているだろうが、町人のおゆうが知っているのは不自然かもしれない。

「誰から聞いたんだい。もしかして、千住(せんじゅ)の先生か」

伝三郎の言葉に、ぎくりとした。千住の先生って、なんであいつが急に出てくるの。

「あー、そうですね。たぶん、そうだと思います」

おゆうとしては、否定もできない。おゆうの周りでそんなことを知っていそうな人間は、確かに「千住の先生」ぐらいしかいないのだ。

「ところで、長崎奉行と村正の相性が悪いってなァ、何なんです」

いいところで源七が、話を変えてくれた。おゆうはほっとして、鵜飼様はご存知なんですかと問うた。

「うん、俺もそれほどよく知っているわけじゃねえんだが」

伝三郎は頭を掻きながら、また茶碗を干した。

「寛永の頃だから、もう二百年も前か。そのときの長崎奉行で、竹中采女正(たけなかうねめのしょう)ってお人がいてな。これがいろいろと不正をやって私腹を肥やしてたもんだから、御役御免のうえ切腹になった。ところがその采女正が、村正を何十振りも持ってて、そのことでも咎(とが)められた、ってんだな」

これはおゆうも初めて聞いた。

「へえ。それって、本当の話なんですか」

「さあなァ。村正を何振りも持ってたのは本当かもしれねえが、それで切腹ってわけじゃねえだろう。長崎の商人から金をふんだくったり、勝手に異国と商いをしたりでぼろ儲(もう)けしたらしいから、それだけで充分重罪だ。村正の話は、後から付け足した尾(お)鰭(ひれ)じゃねえかって気がするな」

「ははあ。でもそんな話があった以上、丹波守様は村正のことが表に出たら、昔の采女正様と結び付けられないかとご心配なんですね」

「そうだ。采女正のことがあるから、村正を持ってるならこいつを長崎奉行にするのはやめとくか、と思われちゃ具合が悪いのさ」

「どうも上の方々の話ってのは、面倒臭くていけねえや」

源七は、馬鹿らしいというように肩を竦めた。

「だったらなおさら、いくら内々の会だからって、長崎奉行になろうかっていうお人が、村正を人目に曝すのはねえ」

おゆうは嘆息しながら言った。大身旗本の鷹揚さなのか、どうも危機管理意識が低いのではないか。

「まったくだ。芦部様が渋い顔をなすってたのも、当然だな」

伝三郎自身も渋い顔になって、盃を口に運ぶ。いい迷惑だ、と言いたげだ。源七もその通りだと、しきりに頷いている。

「あ、そうそう。旦那、あの盗人ですがね。鼠小僧って呼び名はどうです。おゆうさんが言い出したんだが」

「なっ」

伝三郎が飲みかけた酒を吹き出した。おゆうはびっくりして腰を浮かした。伝三郎ったら、どうしてそんなに慌てるのよ。

四ツ（午後十時）の鐘が鳴った後、伝三郎と源七は引き上げた。町々の木戸はもう閉まっているが、二人とも十手持ちなのでフリーパスだ。今夜は伝三郎と差し向かい、とはならなかったが、まあ仕方ない。

（さて、と。明日は「千住の先生」の顔を拝みに行きますか）

　彼には相談すべきことがある。おゆうは戸締りをした後、手燭を出して押入れの襖をそっと開けた。


　午前十時。阿佐ケ谷駅を出た優佳は、南口から延びる道を真っ直ぐ進んだ。もう通い慣れた道筋である。目指す先は、住宅街の一角にある白い三階建て。玄関ドアの横に「株式会社マルチラボラトリー・サービス」と書かれたプレートのある建物だ。

　ガラスドアを押し開け、軽やかな足取りで階段を二階に上がる。そこの事務室で、優佳はもうお馴染みの顔だ。「おはようございまーす」と、まるで社員のようにさっと会釈を交わし、そのまま奥へ通る。ガラスの仕切りの向こうに、あいつの背中が見えている。

「おはよー」

　気軽な調子でドアを開け、デスクの横に立った。相手は、ろくに顔も向けずに応じる。

「おう。何かブツは」

　このラボの副社長にして稀代の分析オタク、宇田川聡史は、パソコンの画面に表示された何かのグラフから目を離さないまま、手だけ優佳の方に差し出した。

「ブツは今のところなし。千住の先生にちょっと相談」

千住の、と言われた宇田川は、怪訝な顔をようやくこちらに向けた。春の事件以来、彼も江戸へ乗り込むようになり、伝三郎に「千住の方に住む蘭学その他の先生」などと紹介したものだから、あちらでは「千住の先生」と呼ばれ始めているのだ。

「あのさ、鼠小僧は知ってるよね」

宇田川は何でもかんでも分析したがる習癖があり、そのおかげで優佳は相当助けられているのだが、興味に片寄りが激しくて、たまに一般常識を欠いていたりする。だが、この言い方にはさすがにむっとしたようだ。

「当り前だ。江戸の怪盗だろうが」

「これは失礼。そいつが、出てきちゃったみたいなんだけど」

「ふん。それで？」

相変わらずぶっきら棒な応答だ。それでも、顔をこちらに向けているところをみると、多少は興味を引かれているらしい。

「出たのはいいんだけど、ちょっと問題が」

「何が問題だ」

「早過ぎるのよ」

「はや過ぎ？　そんなにすばしこいのか」

「じゃなくて、一年早いの」

宇田川が、呆気にとられたような顔になった。

「あのね、私がいるのは文政五年。でも記録によると、鼠小僧が最初に仕事をしたのは文政六年の話なのよ。史実より一年先に現れたわけ。これって、どういうことだろ」

宇田川が、聞こえるか聞こえないかの唸り声を上げた。地震前の地鳴りみたいだ。

「解釈としちゃ、幾つか考えられるが」

顔を顰めながら、呟くように言う。

「例えば、どんな」

「まずは、史実として残っている記録が、間違っている」

「それは考え難いなあ。元は奉行所の調書なのよ」

「次は、鼠小僧以前に似たような手口をやった別人がいた」

「なら、それも記録に残るはず。類似事件なんだから、奉行所がチェックしないはずはない」

「じゃあ、鼠小僧は奉行所で自白したもの以外にも、以前から盗みを働いていた。それは鼠小僧と名付けられる以前だったので、誰も気付いていていない」

「それもダメ。もう鼠小僧って名前を言っちゃってる」

「誰が」

「私が」

宇田川は黙り、あんたはアホかという目で優佳を見つめた。優佳は気にせず、先を促す。

「他の解釈は」

「あと一つあるが……一番望ましくないやつだ」

宇田川は、普段にも増して難しい顔になった。

「歴史が変わった、という考えだ」

「歴史が……変わった？」

その言葉の重みに、さすがに優佳も顔色を変えた。

「もしかして、私のせいで？」

宇田川が重々しく頷く。

「でも……でもさ、私が江戸に行ったことで歴史に影響はない、初めから私が江戸に行くことも歴史に組み込まれてる、って言ったのはあんたじゃない」

「その考えが、間違っているとしたら」

優佳はぞっとした。タイムパラドックス。宇田川の懸念通りなら、自分の世界は根底から崩れてしまう。

「だ、だけど変じゃない。私が江戸に行ったからって、変化したのが鼠小僧の出現時期だけなんてこと、ある？　だいたい私と鼠小僧と、どういう関係があるのよ」

「関係なら、これからできるんじゃないのか」

言葉に詰まる。戸山の指示で動けば、いずれはそうなるだろう。

「もしかすると、気付かないところで細かい変化が起きているのかもしれない。そいつは今のところ、わからん」

宇田川は腕組みし、しばらく黙考していた。優佳は落ち着かず、宇田川が次に何を言うのか、待っている。

やがて宇田川は腕をほどき、椅子の背に体を預けて独り頷いた。

「これはどうやら、江戸へ行って確かめるしかなさそうだな」

三

ラボを出た優佳は、阿佐ケ谷駅から千葉行きの中央線各駅停車に乗った。いつもなら市ケ谷(いちがや)で地下鉄に乗り換えるが、今日はもう一か所行きたいところがあり、そのまま両国(りょうごく)まで乗り続けた。

電車の中で、優佳は宇田川の言ったことをずっと考え続けていた。もし本当に優佳のせいで世の中に変化が起きているとしたら、これまでの歴史は優佳が習ってきたものと、微妙に違ってしまったのだろうか。日本が太平洋戦争に勝ったなどという大ごとにはなっていないにしても、いるべき人がいなかったり、あるべき店がなかったり、そんな程度ならまずわからない。しかしそれだと、以前宇田川が解説した、ごく小さな変化が後々の巨大な変化に繋がるというバタフライ効果(エフェクト)はどうなる?

(もしかしたら、気付かないうちに既に並行世界(パラレルワールド)へ移行してるのかも)

そう考えると、背筋が寒くなる。自分の見ているこの世界は、本当に昨日までの世界と同じなのだろうか。自分の会う人は、以前に会ったのと同じ人なのか。あるいは、宇田川さえ……。

(あーダメだ! SFの世界に入り込んで、わけわかんなくなっちゃう)

優佳は頭を掻きむしりそうになって、両国駅に着いたのを潮に、考えるのをやめた。どのみち、もうなるようにしかならないのだ。だったら結果をそのまま受け入れよう。

西口を出て、首都高沿いに国技館通りを北へ歩く。三百メートルほど行って、右手の旧安田(やすだ)庭園の塀が尽きたところに、目指す建物があった。窓のほとんどないコンクリートの立方体が、幾つか重なったようなファサードだ。金属のプレートに名称が記されている。ここが刀剣博物館であった。

主展示室は三階にあった。足を踏み入れると、フロアを囲む壁に設（しつら）えられたガラスケースに、剝（む）き身の刀がずらりと並ぶ光景に、思わず息を呑んだ。

（これだけ揃うと……凄味があるなあ）

刀はいずれも、真っ白な絹布（けんぷ）に置いた台に載せられ、照明を反射して鈍く光っている。宝石のようなきらきらした輝きとは全く異なり、厳かでありながらどこか妖しい。武器としての美を極める、とはこういうものなのだろうか。見つめていると引き込まれそうな気がして、優佳は一歩引いた。「刀剣女子」の気持ちが、ぼんやりとだがわかったように思えた。

（そう言えば、あれだけ江戸にいながら、刀ってじっくり見たことがなかったんだ）

伝三郎が差している腰の物も、いつも鞘（さや）ごと受け取って刀掛けに置くだけだ。一度だけ、盗賊と乱闘になったとき刀を振るう姿を目にしているが、刀そのものに注意を向けたわけではない。

（この前借りた脇差なんかと、別次元だよね）

ロシア人の一件で常陸に出向いたとき、若衆姿になったので伝三郎が脇差を用意してくれた。鞘から抜いて確かめてみたが、伝三郎が安物だと言った通り、大型の刺身包丁くらいの感覚だった。

ここに展示されているものは、いずれも日本史上に残る銘刀ばかりである。当麻国（たいまくに）

行、志津兼氏、福岡一文字。勉強不足でどれほどの刀匠かは知らないが、国宝・重文あるいはそれに次ぐほどの業物であるらしい。

　優佳は深呼吸して、もう一度近くに寄った。一本一本、切っ先から茎（柄に収められる根元の部分）までを舐めるように見ていく。刃の部分にはそれぞれ独特の波形の紋様があり、固有の美を主張している。

（刃文って言うんだよね、これ）

　あるものは流れる如く優雅に、あるものは猛るように荒々しく、またあるものは魔的なまでに複雑。優佳は時間を忘れて見入った。

　ふと気付くと、一時間が過ぎていた。優佳は名残惜しさを感じつつ一階に下り、去年の御落胤事件のとき作ったライターの名刺を、学芸員に差し出した。今はブームで日本刀のレポートをする人も多いのだろう。学芸員はすぐに対応してくれた。

「こちらに村正はありませんか」

　博物館と日本刀について簡単に説明を受けた後、優佳が聞いた。学芸員は、はい、と頷いた。

「銘村正の刀がございます。もとは高松宮家にあったもので、戊辰戦争のとき、官軍の総大将、東征大総督だった有栖川宮が佩いていたものと言われています。今は展示には出しておりませんが」

「拝見できるでしょうか」

「それはちょっと……写真がありますので、そちらを」

学芸員は一旦事務室の奥に入り、写真を持って出てきた。

「こちらです」

優佳は手に取ってじっと見てみた。展示室の現物に比べると迫力はどうしても劣るが、その危ういまでの魅力は充分に伝わってくる。

「村正の特徴というと……」

「まず一つは、箱刃でしょうか」

「箱刃？」

「少し角張った形状の刃文です。焼き幅の狭い部分と広い部分が繰り返されるものですね」

「はあ」

ピンとこなかったので、生返事になってしまった。学芸員は先を続ける。

「刃の表と裏で、刃文が一致する、というのもあります。これはそのまま、村正刃（むらまさば）と呼ばれています」

「なるほど」

それは現物を見たとき、役に立ちそうだ。学芸員は他にも幾つか教えてくれたが、優佳が見分けるのは難しいだろう、と思われた。

「村正でしたら、上野の国立博物館や名古屋の徳川美術館にも収蔵されていますので、そちらも行かれてみては」

「はい、ありがとうございます」

名古屋はちょっと遠いが、国博は行ってみてもいい。さらに優佳は、例の話について聞いた。

「あの、村正と言えば妖刀伝説ですよね。あれはやっぱり、後世の脚色ですか」

「ええ、そうです。もともと村正は、武器としてのレベルが優れていたので、戦国時代から安土桃山時代にかけて、有力な武士が愛用していたんです。徳川家康もその一人です」

家康も村正のヘビーユーザーだった、と聞くと、意外な気がした。

「江戸時代初期の『三河後風土記』という歴史書に、徳川家が不吉の刀として家臣に所持禁止を言い渡したと書かれているそうなんですが、この書自体が偽物という説もありまして、要するに出所があやふやなんです」

徳川家康の祖父が村正で殺されたとか、子の信康が切腹させられたときに使ったのが村正だったとか、家康自身も村正で負傷したことがあるとか、江戸時代を通じて話がどんどん広がっていったらしい。その後、血腥い事件が起きるたびに、村正が使われたという噂が伝わるようになってしまった。

「しまいには、持ち主の一族に祟って呪い殺す、とまでされてしまう始末です。まあ、今も昔もホラー系の都市伝説は大衆受けしますから」

学芸員は笑って、話を締めた。優佳は丁寧に礼を述べて、博物館を出た。

（村正って、立派な刀なのにホラー扱いされちゃうなんて、気の毒よねえ）

結局、何が原因でそうなったのかは、よくわからない。美しいだけでなくきわめて高性能だったのは、確かなようだ。切れ過ぎる刀、というのはやっぱり不吉に思えるのだろうか。

（久松家の屋敷から村正を盗んだ賊は、その辺を知ってたのかな。いや、そもそも村正だと知って盗んだのか、たまたまだったのか……）

両国駅へと歩く優佳の頭の中を、様々な考えが駆け巡った。

翌日の昼前である。江戸に戻ったおゆうは、金を投げ込まれた長屋が他にないか、聞き込みを再開していた。朝方は両国橋を渡って深川の方へ少し入ってみたが、何も摑めない。昼からは神田川の南側を西の神田多町の方へ流そうか。途中で、何度か捜査に加わった岡っ引き仲間の、小柳町の儀助あたりに話を聞いてみるのもいい、などと思案を巡らす。

その前に一服して、行動計画をまとめようと番屋へ足を向けた。すると、柳原通りの方から源七が意気揚々とやってくるのに出会った。後ろに若い下っ引きの千太と藤吉を従えている。

「あれ、源七親分。何だかご機嫌ですね。まさか朝から一杯とか」

「えっ、おゆうさんか。何言うんだよ。確かに俺ァ機嫌がいいが、そいつは真面目にお役目を果たしたからだぜ」

そんなことを言いながら、いかつい顔をすっかり緩めて、胸を反らしている。藤吉が源七の背後から、こちらもニヤニヤしながら言った。

「本当なんですよ姐さん。金物長屋と同じように金を投げ込まれた長屋が、見つかったんです」

「へえ、それはお手柄じゃないですか。さすがは源七親分」

素直に褒めると、源七はますますいい気分になったようだ。

「まあな。ちょいと目端を利かしたと言うか」

「で、どこなんです」

「本郷湯屋横町の勘八長屋だ。二十日ばかり前の話さ」

「湯屋横町っていうと……本郷一丁目ですね」

江戸時代の本郷は、市街の北の端になる。中山道沿いに縦長に延びたブロックで、周りは加賀(かが)百万石を始めとする武家屋敷群に囲まれていた。いかにも鼠小僧が現れそうな町だ。

「そうよ。その長屋も、金物長屋ほどじゃねえが貧乏長屋だ。一棟の棟割で、片側五軒ずつのしめて十軒だが、全部に投げ込まれてた」

「十軒全部ですか。それでも今まで表に出なかったってことは……」

おゆうは少し考えてから、ぽんと手を打った。

「もしかして、ここは小判じゃなく一分くらいだったとか」

千太と藤吉が目を見張ったので、推測が当たったのがわかった。

「恐れ入りやした、姐さん。その通りなんで」

「ちょうど使い勝手のいい額だったから、みんな懐に入れて頬かむりしたのね」

「そうなんだ。長屋中で申し合わせて、黙って貰っとこう、ってことにしやがったのさ。一人、ご浪人だけは反対したそうだが、押し切られたらしい」

源七が、頷いてみせる。

「でも、隠しきれなかったわけですね」

「その一分で、長いこと返せなかった借金をいっぺんに返した奴が二人もいたのさ。それで、何があったんだろうって界隈の噂になっちまった。それを俺たちが聞き込んだわけよ」

十軒も集まって内緒ごとをすりゃあ、誰かがつい漏らしちまうもんさ、と源七はもっともらしい顔で言った。

「で、鵜飼の旦那にお知らせしようと思って来てみたんだが」

「今日はまだ、お顔を見てませんけど」

そう言ったとき、九ツ（正午）の鐘が鳴った。

「あ、今だったら岩本町の飯屋で、昼餉をなさってるかも」

「そうか。じゃ、ちょうど飯時だし俺たちも行ってみるか」

源七は、言うなり先に立って歩き出した。


昼は飯屋、夜は居酒屋というその店に入ると、心得顔の女将が、八丁堀の鵜飼様は二階だと示してくれた。二人の下っ引きは、遠慮して下の板敷きに座った。上の座敷を覗いたところ、伝三郎が気付いてすぐ顔を上げた。

「おう、何だ。お前たちも食うか」

飯椀を持った伝三郎の前には、里芋と茄子、鯖の干物の載った膳がある。ワンメニューの日替わり定食らしい。このあたり、現代のサラリーマンの昼休みとよく似ている。

有難くお相伴することにして、二人は伝三郎の前に座った。膳が来るより先に、源七が湯屋横町の話をする。

「一分か。なるほどな」

伝三郎は漬物を嚙みながら、ふむふむと頷いている。

「一分金ばかりか」

「いえ、一朱金や二朱金も混ざってやした」

「てことは、盗んだ先の手文庫にゃ、小銭ばかりで小判がほとんどなかったんだな」

正確に、ではないが物価も考慮した感覚では、一分で五万円くらい、一朱で一万円くらいといったところか。それなら庶民でも使いやすい。

「あまり金回りのいい武家屋敷じゃなかったのかもしれやせんね」

源七も相槌を打つ。本郷湯屋横町の至近には、現在東大の敷地になっている加賀百万石前田家の上屋敷の他、水戸中納言家や三河岡崎五万石の本多家、備後福山十一万石の阿部家など、雄藩の大名屋敷が連なっている。それらを除いても、千石以下の旗本屋敷は、何百軒もある。届も出ていない中、それらの中から被害に遭った屋敷を捜し出すのは、かなり難しい。見つけたところで、久松家のように先方から相談でもない限り、町方が調べに入ることもできない。

「いずれにしても厄介だ。金物長屋みたいに通りすがりかもしれんが、取り敢えずはその勘八長屋とやらに、金を投げ込まれる理由が何かないか、探るしかなさそうだな」

「へい。長屋の連中にゃ、後で八丁堀の旦那が来るから、包み隠さず知ってることはお話し申上げろ、ってきつく言い置いてやすんで」

源七は、顔の迫力に物を言わせてだいぶ脅したらしい。おゆうはその様子を思い浮かべて、くすりと笑った。


表通りの中山道から裏路地に入り、源七が示す木戸をくぐると、井戸端に十人ほどが集まって、羽織姿の初老の男を取り巻いている。それがここの大家らしい。

「あ、これは親分さんに八丁堀のお役人様」

初老の男が、人垣を割ってこちらに出てきた。

「大家をしております、洪蔵と申します。お役目ご苦労様でございます」

洪蔵は伝三郎に向かって腰を折ってから、おゆうに怪訝な顔を向けた。が、すぐ帯の十手に気付いて目を丸くした。

「おや、これはまたずいぶんお綺麗な女親分さんで……あ、いや、失礼しました」

おゆうの方を見た長屋の連中から、小さなどよめきが起きる。こんな光景、もう慣れっこだった。

「東馬喰町で十手を預かる、おゆうと申します。二十日ほど前の夜、投げ込まれた金子のことで伺いました」

「はい、承知しております。どうぞこちらへ」

大家が自宅に招じたので、おゆうたちはその縁先に立った。伝三郎は、縁側にどっかりと腰を下ろし、集まった住人たちを眺め渡す。職人風の男とそのおかみさんが大半だが、だいぶ褪せてつぎの当たった着物を見ると、金回りの良い者はいないようだ。

「お前たち、投げ込まれた金はどうした。全部使っちまったか」

住人たちが、済まなそうな顔で小さくなる。

「へ、へえ……借金をずっと催促されて、今度払えねえなら道具の刷毛やヘラを全部持っていくと言われちまって。そうなっちゃおまんまの食い上げで」

表具師の下っ端らしい若い男が、情けなさそうに言った。源七が聞き込んだのは、この男のことだろう。

「で、投げ込まれた一分を見て、これ幸いと借金を返したんだな」

「も、申し訳ありやせん」

表具師見習いは、青くなって地面に手をついた。それを口火に、住人たちが似たような言い訳を次々に述べ立て、ご勘弁をと泣きついた。洪蔵に問い質すと、残った金はしめて一両一分。十軒で合計二両二分撒かれたうちの、ちょうど半分だ。伝三郎は、しょうがねえなと嘆息した。

「盗まれた金だろうと承知で、届け出ずに使ったなら、お前たちも盗みで同罪だ。わかってるんだろうな」

　伝三郎に言われて、一同は青ざめ、何も言えずにうなだれている。伝三郎はもう一度、さらに大きく溜息をついた。

「やれやれ、まったく困った奴らだ。いいか、俺たちも忙しいんだ。今日のところは、お縄にするのは大目に見てやる。だから使っちまった金は、後で必ず返せ。そうしねえと、本当に小伝馬町行きだぞ。いいな」

　住人たちから安堵の息が漏れ、ありがとうございますとその場に平伏した。おゆうもほっとした。捕まえたいのは鼠小僧であって、思いがけない金を見て出来心を起こした人たちではない。

「御免、ちと御免」

　住人たちの後ろで声がして、刀を差した浪人が現れた。源七が言っていた、投げ込まれた金を勝手に使うのに反対したという浪人に違いない。娘を連れているようだ。

「あんたもここに住んでるお人かな」

　伝三郎が問うと、浪人は「左様で」と頭を下げた。

「小橋紀右衛門と申します。これは娘の春江。このたびは、誠に申し訳ない」

　小橋は、四十くらいに見えた。醜男ではないが、うっすら無精ひげが浮いた顔には生活やつれが窺える。着物はだいぶ古そうだが、袖口に丁寧につぎ当てがされている。

娘の手だろうか。

　その春江という娘の方は、やはりいくらかの疲れは見えるものの、はっとするほどの美人だ。年の頃は、十七、八か。まさに掃き溜めに鶴、というところだろう。さっきの表具師見習いなど、あきらかに意識して落ち着かなげだ。

「南町の、鵜飼伝三郎です。失礼だが、あんたも金を使っちまった口かな」

「は……誠に面目ない」

「いえそんな、父上。私のせいなのです」

　春江が進み出て、泣きそうな顔で言った。

「私は、つたない手で仕立物の内職をしておりますが、先月の初め、不調法をいたしまして、お預かりした布地を汚してしまったのです。それで……弁償するためにお金を……」

　語尾が消え入りそうになったので、伝三郎が引き取った。

「そのときに借りた金を、投げ込まれた金で返した、ってことかな」

「元はと言えば、拙者の不甲斐なさ。借金をしたのは拙者だ。娘を責めないでもらえぬか」

　小橋が春江を抑えて言う。横から洪蔵も口添えした。

「小橋様は、時折り借金もなさいますが、いつも最後にはきちんとお返しになっています。大変に律儀なお方でして」

「わかったわかった。とにかく小橋さん、あんたもその一分、きちんと返してもらいますよ」

「無論のこと。一度は止めたのだが、拙者としたことが、手にした一分金に目が眩んでしまった。武士としてお恥ずかしい」

小橋は改めて頭を下げた。伝三郎はひとまず了承し、住人たちに向かって言った。

「で、金を投げ込まれた晩のことだが、この中で誰か、物音や人影に気付いた者はいねえか」

「ああ。物音は聞きましたよ。あの晩はあんまり寝付かれなくて」

おかみさんの一人が言った。続けて春江も言う。

「私も、誰かが走っていく音を聞いたと思います」

さらにもう一人、気配に気付いた者がいた。だが、さすがに刻限ははっきりしない。

「八ツか八ツ半か、そのあたりだと思いますが、はっきりとはねえ」

金物長屋とだいたい同じだ。だが人影を見た者はいないので、どちらの方角から来たかは判然としない。

半刻近くかけて事情聴取したが、それ以上のことはわからなかった。二十日も前の話なので、賊の痕跡も残っていない。

「皆さんが借金して困っていること、知っている人はどれほどいますか」

　おゆうは一応、聞いてみた。鼠小僧が、事情を知って施しをした可能性を考えてだが、返ってきた答えは、「みんな多かれ少なかれ借金してるから、誰だって知ってまさぁ」だった。

（まあ、そうだろうなあ）

　それほど期待していたわけではないので、それ以上深くは聞かなかった。が、一つだけおゆうの目に留まったことがあった。少し考え込んでいた様子の春江の眉が一瞬、何か思い出したように動いたのだ。

（あれ？）

　おゆうは正面から春江に目を向け、数秒見つめた。だが、さっきの動きはそれきりで、何も顔には表れなかった。気のせいか、と思ったとき、伝三郎が話を切り上げた。

「よし、今日はここまでにする。何か思い出したら、大家を通じてでも俺たちに直でもいいから、すぐに知らせろ」

　一同が、わかりましたと声を揃えた。おゆうたちは洪蔵に送られ、表通りに出た。

「いやあ、あの春江さんてぇ娘さん、なかなか大した別嬪だったなあ」

　神田明神の方へ歩きながら、藤吉が千太に話しかけている。千太が、そうだよなあ、としきりに頷く。

「侍の娘にしちゃ、気取ったところもなくて、素直そうじゃねえか」

「姐さんも五、六年前は、あんな風だったのかねえ。いや、ちょっと違うか」

何ですって？　おゆうは忍び笑いしている千太の襟首を、むんずと摑んだ。おゆうは江戸の平均的体格からするとかなり大柄なので、平気でこんなことができる。

「何が言いたいのかなぁ」

千太が、げっ、と息を吐き出す。

「い、いやあ、姐さんも春江さんの年頃は、きっとあんな感じだったんだろうなって」

「ははあ、つまり若さで負けると」

襟を持ったまま、一睨みしてやる。千太が青くなった。

「そっ、そんなことひと言も言ってやせんって」

伝三郎が笑いながら、おゆうの肩を叩いた。

「それぐらいにしてやれよ」

それから、おゆうの耳に顔を寄せて言った。

「今日は夕方に寄るから」

「まあ、そうですか。お待ちしてます」

伝三郎は軽く手を振り、じゃあなと言って右手に別れ、昌平橋（しょうへいばし）へと向かった。奉行所に帰るようだ。千太が後ろ姿を見送って、ニヤリとする。

「姐さんもわかり易いや。旦那が寄るって言った途端、顔がぱあっと明るくなりやしたね」

「そりゃあ当り前さ。旦那と一緒なら、姐さんはいつだって機嫌がいいじゃねえか」

藤吉も一緒になって、ニヤニヤしている。まったくもう、とおゆうはまた睨んだ。

「あんたたち、もういっぺん怖い顔になってほしい？」

千太と藤吉は、飛び上がって逃げ出した。

（はいはい、どうせ春江さんに比べりゃ大年増ですよ）

実際にはアラサーなのだから、反論のしようがない。けど、とおゆうはふと思う。

（春江さんの顔に浮かんだあの一瞬の表情、本当に気のせいだったのかな）

四

メールを確認したら、「明日午前に行く」とあった。宇田川の連絡は、いつも唐突だ。

（急に明日って、私が江戸にいてメールを見てなかったら、どうすんのよ）

昨日の宵は伝三郎と二人で、差しつ差されつを楽しんだ。残念ながらやはり、泊まってはくれなかったが、無理はしないで二人の時間を楽しもう、というように近頃は達観していた。

今朝は何となく気になって、東京へメールの確認に来てみたのだが、案の定これだ。そこで、あっと気付いた。

(あいつ、江戸へ来る気だ。それじゃ、居場所を用意しておかないと)

優佳は大慌てで、納戸に駆け込んだ。宇田川のおかげで、今日は大忙しだ。


江戸へ行ってやるべきことを片付けると、くたくたになった。翌朝は目覚めると既に十時。飛び起きて、物凄い勢いで身支度を整えている最中、表に車の音がした。ぎりぎりセーフだ。

二階の窓から見下ろすと、前回来たときと同様、二トントラックが横付けされている。すぐ後ろに止まったタクシーから、宇田川が降りるのが見えた。

「あー、いま鍵開けるから、ちょっと待って」

窓から大声で宇田川に怒鳴る。ご近所に聞こえたかなと思い、自分で顔を顰めた。

「おう。今から運び込むぞ」

こちらの状況を慮(おもんぱか)る様子など全くなしに言って、宇田川はトラックの運転手に指示を出した。今日は助手も付いて、二人がかりだ。

「何これ。この前よりずいぶん多いんですけど」

トラックの荷台を覗き込んだ優佳は、驚いて言った。

「ああ。前の経験から、使えそうなものはだいたい持ってきた」

簡単に言ってくれるが、これでは宇田川がうちに引っ越して同棲を始めるのだと、近所に誤解されそうだ。それに、もう一つ気になることがある。

「危険物はないでしょうね」

前に、模擬弾改造の閃光音響手榴弾(フラッシュバン)を持ち込んでいる。これだけの荷物なら、戦車一台くらい隠していないとも限らない。

「安心しろ。ヤバいものはない」

無表情に言うので安心はできないが、まあ信じておこう。

あっという間に、茶の間の横の座敷が満杯になった。トラックを帰らせた宇田川は、自分の家の物置のような顔をして、積み上げた荷物をチェックしている。

「これ、全部持っていくの」

「いっぺんに、とは言わん。直近で使いそうなものだけ運んで、後は必要になる都度取りに来る。まずは、これとこれと、これだな」

宇田川は小型の段ボールを四つばかり指差した。これなら、何とか風呂敷に包んで運べそうだ。

「わかった。じゃあこれ、着替え」

優佳は、古着屋で揃えた着物と羽織を差し出した。前回とは季節が違うので、夏向きの麻の絣を用意してある。宇田川は、軽く頷いて受け取った。自分で研究して、一人で着られるようになったので、手伝いは無用だ。優佳は襖を閉め、自分も着替えるため納戸の奥に入った。

二十分後、支度を済ませて様子を見に行った。

「できた？　開けるよ」

唸るような返事が聞こえたので、襖を開ける。段ボール箱に囲まれた真ん中に、着物姿で眼鏡をコンタクトに替えた宇田川が、立っていた。思わず、ほう、と息を吐く。

(どうしてコイツ、着物姿になると格好がつくんだろ)

毎度のことだが、度の強い眼鏡をかけてよれよれの白衣を羽織ったラボでの姿や、染みのついたスエットという部屋着のときと比べて、別人かと思うほどイケている。体型は変化のしようがないが、着物だとある程度サマになるのも不思議だ。まともに向き合っていると、何だか落ち着かなくなってしまう。

「これでいいなら、さっさと行くぞ」

まあ、喋らなければという条件も付くが。

後ろで無理矢理束ねた髪だけ少し直してやり、指定された段ボールを担いで順に階段を下りた。二百年を股にかける引越し屋、という趣だ。

おゆうの家に落ち着くと、一番大きな風呂敷を引っ張り出して段ボール箱を包んだ。これを背負って、宇田川のために用意した家に運び込まなくてはならない。

「この南の方、二百メートルほど行った橘町四丁目に、手頃な家があったの。もとは貸本屋で、今は閉めてる。家主が借り手を探してるんだけど、小さい店だからなかなか話がまとまらないみたい。そこを一月、借りといた」

前から、こんな場合に使えると思って目を付けておいた物件だ。宿屋なら、おゆうの家から二筋ほど西に公事宿が何十軒も並んでいる。近所に関東郡代の御用屋敷があるので、関八州から訴訟などの公用で江戸に来る人々が泊まるのだ。江戸時代初期の頃は、江戸に縁者のいない外来者は、この地区の宿にしか滞在できなかったそうだ。

だが、宇田川がそうした出入りの多い宿に泊まれば人目に立つ。前回のように貸切りにする手もあるが、戸建ての家を用意した方が安全だ。

「わかった」

「お金は貸すから、食事は適当に何か買って食べて」

家の店賃もおゆうが前払いしたのだが、現代では金銭的にも宇田川に何かと世話になっているので、お互い様である。

「で、今から移動するのか」

「うん。近所の目があるから、絶対に目立たないようにね」

伝三郎の知らない間に男を連れ込んでいる、などと噂されたら一大事だ。先日の様子からすると、伝三郎は宇田川のことをかなり意識しているようなので、そこは充分注意しなくては。

おゆうは表口からこっそり外の様子を窺った。人通りはそれほどでもない。人影が途切れたタイミングを見計らい、宇田川の背を押して、さっと通りに出た。知り合いに出くわさないよう祈りつつ、道を急ぐ。

一つ裏の通りに入って一町足らずで、借りた家に着いた。間口はせいぜい一間半。自販機二台分ほどだ。裏へ回って戸を開けると、小さな竈(かまど)のある厨(くりや)だった。ここを使うことはあるまい、と思いながら、その横の階段を上がる。

「たった一日でここを手配するの、大変だったんだから。来るときは、もうちょっと前広(まえびろ)に言ってよ」

少し文句を言ってやると、宇田川は意外と素直に、「すまん」と言った。多少はこちらに配慮するようになってくれたか。

二階は天井の低い六畳と三畳だ。そこで風呂敷包みを解(ほど)いた。

「あー、やっぱりこれ使うんだ」

一番大きな箱には、前に使ったドローンが収まっていた。

「今回も侵入窃盗だろ。屋根を伝ってくるような奴が相手なら、役に立つ」

頼むから見つからないように、と言いかけたが、そのぐらい宇田川も充分承知しているだろう。他の箱を覗いてみると、試薬のボトルや微細証拠の採集キットなどがあった。鑑識課員が臨場するとき、バッグに入れてくるような装備だ。

「さて、まずは犯行現場を検証したいが」

「ああ……てことは、鼠小僧を捕まえる気なのね」

「当然だ。当人を捕まえてみないことには、史実とどう食い違ってるのか検証できん」

なるほど、もっともだ。しかし、現場となると厄介だった。

「現場は旗本屋敷だからなあ。立ち入らせてくれるかしら」

「そこはそっちで何とかしてくれ」

簡単に言ってくれるわねえ。


「何、千住の先生を呼んだのか」

伝三郎は、複雑な表情を見せた。

「まだ先生の手を煩わせるようなことには、なってねえが」

「それはそうだと思いますけど、ほら、この間のオロシャ人の一件で、力になれなかったことを気にしておられましたから、今度はご自分から手伝うと」

「ふうん。まあ、気持ちは有難ぇが……」

伝三郎はなんだか煮え切らない様子だ。おゆうはさらに押した。

「久松丹波守様の御屋敷には、お調べに入ってないんですよね」

「そりゃまあ、旗本屋敷だからなあ」

盗みが行われた現場を検証するのは当然のことだが、旗本屋敷の中は町方の管轄外だ。用人の芦部にとって重要なのは村正の捜索で、犯人特定は二の次である。とすれば、御家の面子もある以上、町方役人が屋敷を調べることは拒否するだろう。

「宇田川先生なら、役人じゃありませんから、先方の顔を立てて芦部様の方から呼んだ形にすれば、調べさせてもらえるのじゃありませんか」

言われた伝三郎は、しばし首を捻ってから頷いた。

「ふむ、お前の言うのも一理あるな。わかった。戸山様に話を通してもらおう」

「ありがとうございます」

おゆうはにっこり笑った。

「本音を言えば、鼠を捕まえるには丹波守様の屋敷を是非とも調べたいところだ。千住の先生を使わせてもらうとするか」

伝三郎も笑みを浮かべた。が、どこか引っ掛かったような笑みだ。やっぱり宇田川を意識してるな、と思うと、ちょっとばかり可笑しかった。

その日のうちに話が通り、翌日の昼には久松家の屋敷に入れることになった。意外なほど早かったが、芦部はそれだけ気を揉んでいたのだろう。

宇田川の方は、機材のチェックをして過ごしていたようだ。昨夜の夕飯は、おゆうが煮売り屋で買った惣菜と握り飯を差し入れてやった。店の場所は教えておいたから、今日の朝は自分で調達したらしく、飯粒のついた竹の皮が部屋の隅にあった。

「カップ麺とレトルトも持ってきたが、江戸の飯も悪くないな」

迎えに行ったおゆうに、そんなことを言う。カップ麺だって？

「間違っても、ゴミを外に捨てないでね」

「そのぐらいは、わかっている。じゃ、出かけるか」

宇田川は小ぶりにまとめた風呂敷包みを持って、立ち上がった。

久松丹波守の屋敷は、江戸城の北側、牛込御門の近くにある。現代なら飯田橋駅から歩いて数分の辺りで、おゆうの家からだと三十三、四町あった。ざっと三・七キロというところか。

界隈は旗本屋敷が多く集まっている地区で、似たような構えが多く、迷いそうになった。家紋入りの提灯を見つけて、表門脇の通用口を叩く。小者が顔を出したので来意を告げると、裏口へ回れとも言われず、すんなり通された。芦部もだいぶ期待を持っているようだ。

「おお、ご苦労である。戸山殿から聞いておる。賊の入り込んだ辺りを調べたい、とのことであったな」

奥から出てきた芦部が、おゆうの顔を見るなり言った。

「さようでございます。こちらは、蘭学その他に通じておいでの、宇田川聡庵(そうあん)先生でいらっしゃいます」

紹介されると、宇田川は東京での態度とは打って変わり、丁寧に頭を下げた。

「宇田川と申します。此度は、ご無理をお願いいたしまして」

「何の。こちらからお頼みした以上、できることは何なりといたす。さすがに町方役人に屋敷内を、というわけにはまいらぬが、貴殿ならば差支えござるまい。お上がりなされよ」

宇田川が、ではご無礼いたします、と応じて、式台(しきだい)から玄関に上がった。二人は芦部に案内され、奥へと通った。

「さりとて、屋敷の外の者が調べに入るのに、良い顔をせぬ家中の者もおる。あまり目立ち過ぎぬよう、お願いいたしたい」

やはり体面を気にする者が多いのだ。武家の世界ではやむを得ないことで、芦部のようにさばけた人物の方が、どちらかと言えば珍しい。

「御殿様はお留守でございますか」

「今日は登城なされておる。調べをするなら、留守の間に、との御指図であった」

どうやら当主の丹波守も、あまり面白くはないらしい。こちらとしても、いない方が楽なのは間違いない。

屋敷は二千坪くらいだろうか。四千五百石の旗本屋敷としては標準的な大きさだが、入ってみると相当広い。廊下を二、三度曲がって、やや奥まった位置にある座敷の前に出た。

「賊が入ったは、ここじゃ」

八畳ほどの座敷だった。ごく一般的な書院造の部屋だ。床の間に何も載っていない刀掛け、その横に違い棚がある。

「あちらの床の間に、村正が」

おゆうが手で示すと、芦部が残念そうに頷いた。

「左様。刀掛けにあったのが、消えておった」

「あと二十両ほど、持ち去られたとのことでしたが」

「それは、その中の手文庫より盗まれた」

芦部は違い棚の上の天袋を指し、自ら開けた。確かに手文庫が一つだけ、置かれている。指紋を調べたい、との考えがちらとよぎったが、さすがにそれは無理だろう。

「この部屋は、賊が入った後、掃除されましたか」

　宇田川が聞いた。

「無論、毎日いたしておるが」

　ならば、髪の毛などの遺留品を見つけるのは難しい。宇田川もそれは期待していなかったのか、「左様ですか」と言っただけだった。それから宇田川は、天井を見上げた。様子を窺うと、端から天井板を一枚一枚、吟味しているようだ。

「この天井から入ったのではなさそうですな」

　たっぷり五分近くかけてから、宇田川が言った。

「やはりな」

　芦部も同じ考えだったらしい。

「廊下の奥に、天井板が外せるところがある。おそらく、そこからであろう」

「拝見しましょう」

　二人は、芦部について廊下を進んだ。

「この奥は殿の御寝所、さらに奥には奥方様がおいでじゃ。これ以上は入ってもらっては困る」

　芦部は廊下のさらに奥をちらと見て、言った。

「心得ました。して、その天井板とは」

「あれじゃ」

　おゆうと宇田川は、芦部の指の先を見上げた。よくよく目を凝らすと、その部分だけ天井板が微妙に浮いているように見える。

「天井裏は、ご覧になりましたか」

　天井板を見据えていた宇田川が問いかけた。芦部が、うむ、と答える。

「家中の者が、板を上げてみた。天井裏は埃まみれだが、足跡らしきものがあった。それは、こちらの方へ続いておる」

　芦部が天井を指しながら言った。廊下伝いに表の側に行き、横手に折れているらしい。

「天井裏に入って、賊の通った後を辿ったわけではないのですね」

「うむ。そこまではしておらぬ。梁やら何やらで、通るのは難しうてな」

「そうですか。では、私が入ってみましょう」

「貴殿が？」

　芦部は目を剝いた。

「いや、しかし、我が屋敷の天井裏に外の者が、というのは……」

「賊を追うには、何としても必要です」

　芦部は唸り声を上げた。が、こうなればもう仕方がないと観念したようだ。大きく溜息をつくと、小者を呼んで踏み台を持って来させた。宇田川はその間に、風呂敷包みからこっそり幾つかの道具を懐に滑り込ませた。

「これでよろしいか」

「大丈夫です。では、御免」

江戸の建物は天井が低いので、梯子(はしご)までは必要ない。宇田川は踏み台の上段に乗って、天井板をそうっと持ち上げ、首を突っ込んだ。

「通れなくはなさそうですな」

おゆうは心配になって聞いた。

「ちょっと宇田川……先生、大丈夫なんですか。まかり間違って、天井を踏み抜いたりしたら」

踏み抜く、と聞いて、宇田川の体軀を改めて見た芦部が顔色を変える。だが、宇田川は軽く答えた。

「梁を伝って行けば、問題ありますまい。では」

言うが早いか、梁に手をかけて体を持ち上げた。あの体型でよくできるなと、おゆうは妙に感心する。芦部は仕方なく、おゆうと一緒になって宇田川の尻を押した。

宇田川がすっかり天井裏に潜り込んでから、おゆうは踏み台を上がって顔を突っ込んだ。

「先生、いかがですか」

言いかけて、宇田川がいつの間にか懐から出した懐中電灯を照らしているのに気付いた。

「ちょっと、そんなもの使って大丈夫なの」

着物の裾を引いて小声で言う。宇田川は全く気にしていない。

「下からは見えないだろう。それより、見てみろ」

言われて、懐中電灯の照らす方向に目を向けた。埃が積もり、蜘蛛の巣の張った中、梁の部分に明らかに擦れた跡がある。よく見ると、芦部が言ったように表の方角へ連なっていた。

「ＡＬＳライトを使って痕跡を追う必要もないな。こいつを辿ってみるか」

宇田川は太目の体をもぞもぞと動かし、先にある梁に体重をかけた。材木が微かに軋む。宇田川は梁の強度に安心すると、そのまま這うように前進を始めた。おゆうも行こうかと思ったが、二人分の体重がかかると天井はどうなるかわからない。諦めて、はらはらしながら見守った。

途中で、宇田川が止まる。梁の下、天井板に懐中電灯を当て、何かを調べている。少し進むたびにそんな動作を繰り返し、やがて右に曲がって姿を消した。

（本当に大丈夫なのかな、あれ）

やきもきしながら、ただ待つ。すると、何か重いものを動かすような音が聞こえた。何だ、と思って身を硬くしたが、すぐに屋根瓦を動かしているのだ、と思い当たった。どうやら侵入口を発見したらしい。

「どうなっておるのだ」

下から、芦部の苛立った声が聞こえた。芦部は芦部で、宇田川が何を仕出かすか、気が気ではなかろう。

「ご心配には及びません。今少し、そのままお待ちを」

そうは言ったものの、もう十五分くらい経っている。何をしているのだろう。

宇田川がごそごそと戻ってきたのは、さらに十分近く経過してからだった。

「まったくもう、何してたのよ」

小声で文句を言ったが、宇田川はそれには答えず、おゆうが廊下に下りるのに続いて、踏み台の上に足をついた。明るい場所で見ると、頭から爪先まで、埃まみれだ。

芦部が顔を顰めた。

「ああ、これはご無礼」

宇田川は全身を払った。廊下じゅうに埃が立ち込め、芦部が慌てて下がった。

「これはまた、何としたことじゃ」

文句を言う芦部をものともせず、宇田川が尋ねる。

「伺いますが、屋根裏には長い間、誰も入っておられませんね」

「そんなところへ、誰も好き好んで入らぬ」

「瓦の葺き替えなどは。屋根職人が入りませんでしたか」

「最後に葺き替えたのは、もう十年も前じゃ」

「そうですか。わかりました」

宇田川の顔に、満足げな笑みが浮かんだ。

「ときに、盗まれた御刀は、何か袋のようなものに入っていませんでしたか」

「えっ」

この唐突な問いに、芦部の目が見開かれた。

「いかにも、常には袋に収め、特に作らせた桐箱に入っておる。盗まれたときは袋から出し、鞘のまま床の間にあったが、傍らにあった袋もなくなっておった」

「色などは」

「紫に金糸を織り交ぜたものじゃが……」

「こういうものでしょうか」

宇田川が差し出した掌には、紫色と金色の糸の切れ端が載っていた。

「うーむ」

懸命に目を凝らした芦部が、唸る。

「どうやら、そのようじゃな。これを、どこで」

「表から少し入った辺り、玄関の次の間の上ぐらいでしょうか。そこの屋根瓦に動かされた痕跡があり、この糸が挟まっていました。おそらく、袋に刀を入れて持ち出す途中、瓦の角に引っ掛かったものかと」

「ほう、なるほど」

芦部は目を瞬き、もう一度その糸をじっと見た。

「恐れ入り申した。さすがは奉行所が一目置くお方じゃ」

「いや、これで賊がどう入ったかはわかりましたが、解決に近付いたわけではありません。一つの手掛かりには相違ありませんが、今しばらく、時を頂きませんと」

「相わかった。お任せいたすゆえ、くれぐれもよしなに」

最初は多少、胡散臭げに見られた宇田川の信用度は、かなりアップしたようだ。おゆうもほっとしながら、揃って久松家を辞した。


「で、どうなの。糸くず以外にも何か見つかった？」

九段から元飯田町へと歩きながら、おゆうは宇田川の脇をつついた。宇田川は何も言わず、懐からそっと小さなビニール袋を出した。ジップロックに似た、証拠品回収袋だ。おゆうは右手でつまみ、日にかざした。髪の毛が二本、入っている。

「これ、天井裏にあったの」

「ああ。屋根瓦を開けたところの、すぐ横だ」

「鼠小僧のものに、間違いない？」

「埃の積もった上に落ちていた。十年は屋根裏に人が入ってないそうだから、埃に埋もれず上にあるなら、奴のものに間違いない」

「へえ。これは立派な証拠だね」

容疑者の髪の毛を手に入れて、ＤＮＡを照合すれば一発だ。ただし、容疑者はまだ一人も浮かんでいない。

「鼠小僧は、侵入しやすい場所を計算して入ったのかな」

「いや、下見なんかできないだろうから、行き当たりばったりだろう。取り敢えず屋根に上り、適当なところの瓦をめくって屋根板を外し、屋根裏に下りたらそうっと移動して、外して床に下りられそうな天井板を探す。下りたら奥座敷の、手文庫なんかがありそうな場所を探って仕事に及ぶ。そんなところだ」

「そんなの、いい加減過ぎる。計画のケの字もないじゃん」

「確かにな。だが、蔵破りをしようってわけじゃない。まともな保安システムもない時代なんだから、それで充分いけるんじゃないのか」

そう言われれば、そうだ。江戸時代の盗賊にも、かなりの時間と手間をかけて情報収集した上で、仕事をするプロがいる。だが侵入の手口自体は、それほど複雑なものではない。宇田川の言うように、行き当たりばったりに近いレベルでも、成果を気にしないなら仕事はできる。

（つまり、盗むのは金目のものなら何でもよかったわけだ）

　鼠小僧は、つい思わず盗んでしまった銘刀を、とっくに売ってしまっただろうか。それとも、刀の妖しい魅力にはまり、今も手元で愛でているのだろうか。

第二章　村正の行方

五

江戸で刀剣を商う店、と言えば、愛宕下の日影町界隈が有名だが、そこまで出向くと半日がかりになる。おゆうが寄ったのは、神田雉子町に店を構える、武田屋であった。さほど大きな店ではないが、商いは手堅いとの評判である。

「ははあ、村正でございますか」

武田屋の主人は、五十を過ぎて多くの皺が刻まれた顔に、心得たような薄い笑みを浮かべた。

「旗本御家人の方々の間では、禁忌とのことですが」

確かめてみると、武田屋は曖昧に頷く。

「そういうことにはなっておりますが、ご禁制というものでは。ただ、災いの元という話が知れ渡りましたから、秘蔵されている御家はそこそこあると存じますが、表立って出回ることもあまりございません」

刀剣博物館で聞いた説明通りのようだ。

「村正を求める方々も、おられるのですか」

「はい、稀にそういう方もいらっしゃいます。出回ることが滅多にありませんので、却って価値が上がるようなことも」

「求められるということは、村正は刀としてもかなりの業物なのでしょうね」

「左様ですな。刃の切れ味は、大変に見事なものです。戦の折には、さぞ頼もしい働きをしましたでしょうな。ですが、正宗など古刀の銘刀と比べますと、価値はいくらか下がります」

十六世紀末の慶長年間を境に、それ以前の作を古刀、以後の作を新刀、と分類するそうだ。江戸時代においては村正は比較的新しく、室町時代以前の刀よりどうしても値打ちは下がる。

(そう言えば、国宝に指定された村正って、一本もないのよね)

やはり切れ味が凄かったことは、妖刀伝説の要素の一つなのだろう。美術品より実戦向きの刀なのだ。

「村正をお売りになったことは、ありますか」

武田屋は躊躇いを見せたが、答えてくれた。

「五年ほど前に、一度。出所と買主は、ご容赦のほどを」

「わかりました。それで、いかほどでお売りに」

「八十五両でございます」

それは高いのか安いのか、判断がつかない。おゆうの困惑を察したように、武田屋が付け加えた。

「正直、刀そのものの値打ちを考えますと、高いです。入手が難しいので、このような値になってしまいます」

「もし普通に出回っていれば、どうでしょう」

「さて、そうですな……今、店にあります中で一番良い刀は、和泉守兼定で、五十両でございます」

兼定の名は、村正について調べた過程で目にしている。村正と同時代の、美濃の名工だ。

「村正はもともと戦国の頃に数多く作られましたので、普通であれば二、三十両でしょうか」

「思ったより安いのですね」

「一本一本の出来栄えにもよりますし、初代千子村正と四代目、五代目では差があります。一概には申せませんが、幅はだいぶあります」

「では……大金を出しても村正がほしいという方なら、どれほど出されると思いますか」

「いや親分さん、それはそのお方次第です。手前ならば、最上のものでまあ百両、と思いますが、何が何でもというなら、千両出されることもあるやもしれません」

武田屋は苦笑しながら言った。もっともな話だ。

「おっしゃる通りですね。では、大金を出しても村正を手に入れたがるような人に、お心当たりはありませんか」

これが最も肝心なところだ。武田屋は、うーむと唸って考え込んだ。

「御大名や御旗本にも刀道楽の方はおられますが、手前は存じ上げません。町人では、天祥楼（てんしょうろう）の崇善（そうぜん）様でしょうか」

「天祥楼というと、あの日本橋青物町（にほんばしあおものちょう）の料亭ですか」

江戸で五本の指に入る、大きな料亭だ。無論、値段も相当なもので、客は大店の主人や隠居、上級武士など。庶民にはハードルが高い。しかし料理屋の主人と刀とは、似合わない気がする。

「左様です。天祥楼のご主人は、もともと武家の出だったそうで。ご自身が包丁を振るったのではなく、店を買い取ったのです」

「お武家の出だから、刀に惹かれるということでしょうか」

「たぶん。手前にはそこまではわかりかねますが」

ふむ。天祥楼ほどの身代なら、趣味の刀剣収集に何百両もかけることができるだろう。マークしておいた方が良さそうだ。

家の方へ戻って行く途中、宇田川に行き会った。借りた家に帰るところらしい。

「あれ、どこに行ってたの」

「あんたの家だ。東京の」

え、と思って問い直す。

「何しに東京へ」

「置いてある機材に使いたいものがあったんでな。こっちへ持ち込める大きさだが、電気がないと使えん」

そうか。あれだけの機材を運んできて、江戸へ持ち込んだのが少量なのは、電気の問題があるからか。しかし、そう頻繁に私の家に出入りされるのも、まずいのだが。

「何度も言うようだけど、出入りするところを見られないようにしてよ。で、何の分析？」

「昨日、あの屋敷の屋根で採取した繊維を、FT‐IRにかけた」

「えふてぃー……何ですって？」

「FT‐IR。フーリエ変換赤外分光光度計だ。繊維が何なのか調べた」

何だかさっぱりわからない。しかし、あれは村正を入れていた袋の繊維だと、判明しているじゃないの。そう言ってやると、心外だという顔になった。

「分析できるものは、しておかないと。顕微鏡でも調べたが、絹だな、あれは」

絹なら、意外性全然なしだ。どうやら趣味でやっているらしい。

「ああもう、好きにして。髪の毛のＤＮＡは」

「ＤＮＡはラボに行かんと無理だ。着替えるのが面倒だから、出社したらまとめてやる」

やっぱりこの男、江戸に来てもマイペースは崩さない。


番屋に寄ってみると、源七が上がり框で茶を啜っていた。

「よう、おゆうさん。調子はどうだい」

今日もだいぶ上機嫌のようだ。こういうときは、いいネタを摑んできている。

「その顔だと、何か見つかりましたね」

「そうともさ。村正を買い取りそうな金持ち連中のことを聞き回ったんだが、お武家は別にして、これって奴が浮かんだぜ」

「刀道楽の金持ちですか。もしかして、天祥楼とか」

源七が、えっと叫んで目を丸くした。言ってみただけだが、図星だったのだ。

「おゆうさんも知ってるのか。どこで聞いたんだ」

「雉子町の武田屋さんです。源七親分の方は」

「ああ、愛宕下まで行って、刀屋に順に聞いたら、同じ名前が挙がったんでな」

どうやら刀剣商の間では、有名らしい。

「私は名前を聞いただけですけど、他には」

残念そうにしていた源七は、聞かれて気を取り直した。

「おう、天祥楼の崇善はな、刀好きの仲間を集めて、自慢し合う会を時々開いてるそうだ。ほれ、丹波守様のところの芦部様も、殿様がそんな会合に出てるって言ってたじゃねえか」

「ああ、そう言えば。どんな人たちが入ってるんでしょう」

「大店の旦那衆が二、三人。御旗本が三、四人。趣味人のご隠居とか、御大名の江戸御留守居役とかが入ることもあるらしい。まさしく金持ちの道楽だ」

内々のサークル活動か。骨董品蒐集家などと同じようなものだろう。

「覗いてみたいですねえ」

「俺もそう思ったんだが、大抵は旗本屋敷か、御大名の御別邸とかでやってるんだと」

「天祥楼で開いているわけじゃないんですね」

セキュリティを気にしているのだろうか。武家屋敷では、こっそり覗き見、あるいは盗聴というのは難しい。

「鼠小僧が盗んだ村正は、村正の中でも最上の品だそうだからな。もし買い取った奴がいるなら、そういう場で見せたがるんじゃねえかと思うんだが」

それはどうだろう。盗品の名画を入手した人と同様、誰にも見せずに一人で楽しみ、仲間内の会に出ても、俺はもっといいものを持っているんだぞと密かに優越感に浸る。そういうケースの方が多いような気がする。

「そうか……それもあるかもしれねえな」

おゆうの考えを聞いて、源七も迷い始めた。

「取り敢えず、鵜飼の旦那に話して、天祥楼の周りに探りを入れてみるか」

まずはそれが妥当だろう。おゆうも賛同した。


次の日。おゆうは朝から、宇田川の様子を見に行った。あまり好き勝手に出歩かれると困るので、牽制(けんせい)しておく意味もある。が、借りた家の二階に上がったところ、宇田川はおとなしくノートパソコンを叩いていた。

「おはよ。何の分析？」

宇田川はちらりとおゆうを見て、すぐ画面に目を戻した。画面に出ているのは、江戸の地図のようだ。現代で、どこかのサイトからダウンロードしたのだろう。

「鼠小僧の犯行の解析だ。奴が侵入したとわかってるのは、下谷の久留里藩上屋敷と、牛込の久松家の屋敷だけだな」

「そう。他にも何件かあるはずだけど、届け出がない」

「で、久留里藩から盗まれた金は、松下町の金物長屋に撒かれた。久松家から盗まれた金は、どこに撒かれたか不明。一方、本郷湯屋横町の長屋に撒かれた金は、どこから盗まれたものか不明、と」

宇田川は画面を睨んで、指で叩く。

「犯行は少なくとも三件か。あと二、三件くらいは盗難に遭った屋敷と金を撒かれた長屋が特定できなきゃ、パターンを読むこともできんな」

「でしょうね。場所もバラバラだし」

「とにかく、もっとデータがほしい。何かないのか」

「そう言われても……」

手掛かりなら、おゆうも是非ほしいところだ。しかし天祥楼を探っても、宇田川の分析にかけるようなものは出ないだろう。

「ところで、朝は食べたの」

部屋を見回して、食べ物の残骸が見えないので聞いてみた。

「今日は食べてない」

「じゃ、ちょっと早いけどお昼、食べに行く？」

ああ、と無愛想に応じて、宇田川はパソコンを閉じた。コードに繋がった黒い箱は、外付けバッテリーだろう。

「でも、会社の方はいいの」

表に出る前に聞いた。宇田川は、面倒臭そうに答える。

「一週間、休みにした」

「そんな気軽に」

「土日に仕事することもある。手が空いてるときは、別に構わん」

共同経営者兼技術者だから自由が利くのだろう。羨ましい話だ。

一町ほど先にある蕎麦屋で、昼食にした。まずまずの蕎麦だが、宇田川は味に関心がないような食べ方で、さっさと片付けている。食へのこだわり、ほとんどない男だからなあ、とおゆうは内心で苦笑した。江戸には旨いもの、いっぱいあるのに。

表に出た途端、「姐さん！」と大声で呼ばれた。びくっとして振り返ると、下っ引きの千太だ。

「良かった。家に寄ったら留守だったんで、捜してたんです。あ、千住の先生もご一緒で」

千太が「捜してた」という場合は、だいたい何か良からぬ事態が発生している。眉をひそめて、何事かと聞いた。

「へい、鵜飼の旦那から使いで、源七親分と姐さんをすぐ呼べってことで」

「だから、どこで何があったの」

「あの、湯屋横町の小橋ってご浪人、覚えてやすかい」

「もちろん。小橋さんが、どうしたのよ」

「神田明神の裏手で、死骸が見つかりやした。殺しです」

六

「どうして……どうしてこんなことに……どうして……」

湯島聖堂近くの番屋に来てみると、土間の戸板に横たえられた死骸の脇に、春江が座り込んでいた。目は真っ赤だが、もう涙も涸れたのか、ただぶつぶつと繰り返している。親一人子一人だったのだから、無理もない。

「ずっとあんな調子で、見てられませんや」

番屋で待っていた小者が、おゆうに囁いた。死骸を検めていた伝三郎が顔を上げ、おゆうに目で「ご苦労」と言った。が、すぐ後に宇田川が続いているのを見て、眉間に皺を寄せた。

「宇田川先生。どうしなすったんで」

「いや、おゆうさんと昼飯をしていたところで、千太殿が呼びに来られたもので。もしやお役に立てることがあるかと思いまして」

「ほう、昼飯をねえ」

伝三郎は、おゆうをちらりと睨んだ。ここは笑って誤魔化すか。いや、春江の嘆きを見れば、そんな場面ではない。

「春江さん、春江さん」

肩に手を置いて声をかけると、春江は初めて気付いたようにおゆうを見た。

「大丈夫ですか。どうか気をしっかり」

春江は消え入りそうな声で、「はい」と返事した。良かった。さすがに武士の娘、正気は保っている。

「旦那、遅くなりやした」

障子を開けて、源七が入ってきた。伝三郎が無言で頷き、おゆうの方を向いて顎で奥を示す。春江に聞こえないところで、状況説明をするようだ。おゆうと源七は、伝三郎に従って奥の小上がりに座った。

「ホトケが見つかったのは、神田明神の裏塀と、武家屋敷の塀との隙間だ。そこに押し込まれてたんで、通りからは見えねえ。猫を追いかけて隙間に入った子供が、見つけて親に知らせたんだ。今朝の五ツ半（午前九時）過ぎだ。すっかり固まってたんで、引っ張り出して運ぶのに往生したぜ」

死後硬直が進んでいたのなら、殺されて十時間程度は経過しているだろう。

「殺されたのは昨夜遅くですね。昨夜の小橋さんの様子は」

「娘さんがあの通りなんで、まだ聞けてねえ。こいつはおゆう、お前に頼む」

伝三郎も源七も、愁嘆場は苦手だ。おゆうは「承知しました」とすぐ返事した。

「匕首（あいくち）で後ろから、三度か四度、刺されてる」

「刀は竹光（たけみつ）じゃなかったんでしょう。抜いた様子は、ねえんですかい」

源七が尋ねると、伝三郎はかぶりを振った。

「ねえな。いきなり襲われたようだ。まあ、剣術（やっとう）の方は得意じゃなかったようだし」

「まず、殺された場所を捜しやすか」

「ああ。そんな遠くへ運んだとも思えねえ。この近くだろう」

源七も承知して、立ち上がった。そこで皆が土間の方を見た。

「先生！　何をやってるんです」

伝三郎が声を上げ、宇田川に駆け寄った。おゆうも慌てて覗き込むと、宇田川は小橋の死骸の脇に屈（かが）み込み、筵（むしろ）の下から突き出た右手をつつきまわしていた。

「え？　いや、右手の爪に、何かあるようなので」

宇田川は振り向き、落ち着き払って答えた。

「爪に？」

伝三郎が怪訝そうにして、宇田川に顔を寄せる。

「どうも指が硬直……固まっているのでやりにくいが。爪楊枝はありますか」

小者がすぐ近くの飯屋に走り、五分ほどで爪楊枝を数本摑んで戻ってきた。

「これで、よござんすかい」

「ああ、どうも」

宇田川は爪楊枝を一本つまむと、鉤状に曲がっている右手人差し指の爪の間を探った。

「懐紙」

おゆうの方へさっと手を出す。おゆうは懐から懐紙を抜き出し、小橋の指の下に広げた。その上に、宇田川が爪楊枝で爪から何かをこそぎ落とした。

「えっ……何だこりゃ」

源七が目を見開く。

「糸くずのようだな」

「左様。殺されたとき、何か布のようなものを摑んだのではないですかね」

「下手人の着物かな」

「さて、どうでしょう。何しろごく小さいですから。持ち帰って調べてみたいが、よろしいか」

「あ……ああ、頼みます」

伝三郎が雰囲気に押されるように承諾すると、宇田川は懐紙を畳んで懐にしまった。

おゆうは振り返り、春江の傍に座った。

「春江さん、本当にお気の毒です。下手人は、私たちが必ず捕らえます」

「はい……どうかお願いいたします」

春江はだいぶ落ち着いてきている。これなら事情聴取できそうだ。

「昨夜、小橋さんはいつ頃家を出られたのですか」

「暮れ六ツ過ぎです。夕餉(ゆうげ)を済ませてすぐ、今宵は人と会うので出かける、と」

「誰に会うかは、おっしゃらなかったのですか」

「はい。ただ、仕官の口に関わることだ、とは申しておりました」

誰かのコネでも使って、紹介者に面談しに行ったのだろうか。

「仕官のお話、詳しいことはご存知ないのですか」

「はい。仕官のことは、昨夜初めて口にいたしましたので」

ふうむ。仕官を餌に誘い出された可能性もあるか。でも、何のために。

「何か仕官のことで、揉め事でもあったのでしょうか」

春江に問いかけられたが、それはまだ不明だ。

「父は、人から恨みを買うようなことはありませんでした。浪人したのも、不正の責めを一人で負ったからです。言い訳をしても、大勢に迷惑がかかるだけ、と申しまして……」

「不正、と言われましたか。お差支えなければ、どのようなことだったかお話し願えませんか」

春江は躊躇ったが、下手人を捜すのに役立つこともあるなら、と話し始めた。

「父は十二年前まで、下野岩舟藩一万二千石で、御納戸役をしておりました」

諸費用の出納の仕事をしていたが、五百両近い勘定が合わなくなり、使い込みの噂が立った。小橋はそれに手を染めてはいなかったが、管理不行届きの責任を問われた。小橋は上司らの使い込みを疑っていたが、証拠がなく、騒ぎ立てて多くの親類や同僚に累が及ぶのを恐れ、身を引く形で浪人したという。

（総務部の経理係長が、粉飾の責任を負わされたような格好か）

現代でもある話だけに、元経理部員のおゆうは春江と小橋に同情した。

「勘定の仕事には長けておりましたゆえ、そのような仕官の口がないかと探しておりましたのですが……まさかこのようなことに」

春江がまた沈み込んできたので、おゆうは春江を励まして、話を打ち切った。後ろで様子を見ていた宇田川が、頃合いと見たか立ち上がり、伝三郎に言った。

「よろしければ、死体の見つかった場所を拝見したいが」

伝三郎は、何だか面白くなさそうだったが、断る理由もないと割り切ったらしい。宇田川とおゆうを連れて、神田明神裏へ歩いていった。

「ここですがね」

伝三郎が指したのは、漆喰(しっくい)ではない剝き出しの土塀に挟まれた、幅七十センチほどの隙間だった。五メートルほど先で右に折れているので、あの奥なら通りからは見えない。

「運び出したとき、塀にぶつけてホトケの手足に余計な傷を付けないよう、気を遣いましたよ」

「運び込んだときに引き摺(ず)った跡も、ないようですが」

宇田川が地面を見ながら言った。

「そう、二人がかりで手と足を持って運んだんでしょう」

「二人がかりね。前側の奴は後ずさりしたわけですな」

何をするのかと思えば、宇田川は身を低くして、その隙間をじりじりと奥へ後ずさった。下手人の動きを真似ているのか。

宇田川は後ろ向きに進んで、曲がった先に姿を消した。伝三郎は首を捻っている。

「おかしな先生だな。何でまたあんな格好を」

そのまま二、三分待つと、宇田川が戻ってきた。帰りはちゃんと前向きに歩いている。手にはさっきおゆうが渡した懐紙の残りを、折り畳んで持っていた。

「何かありましたか」

伝三郎が尋ねると、宇田川は笑みを浮かべて懐紙を広げて見せた。土塀のかけらしい細かい土くれと、僅かな繊維状のものがそこにあった。

「これは？」

伝三郎が驚いたように言い、宇田川は得たりという顔をした。

「塀の曲がり角の向こう、ちょうど尻の高さほどの場所で。死体を運んだ奴は、後ろ向きに進むうち、曲がったところで尻を土塀に擦ったようですな。おそらく、着物の糸くずだ」

「えっ……」

さすがに伝三郎は目を剝いた。こういう微細証拠を集めることは、江戸時代の捜査ではほとんど行われていない。

「もしかして、その糸くずを調べれば、下手人の着物の見当がつく、ってんですかい」

「まあ、できるかもしれない、というだけです」

そうは言いながら、宇田川の目付きは自信満々だった。

宇田川はそこで引き上げたので、伝三郎と二人で番屋に戻った。番屋の前には、荷車が着いていた。小橋の死骸を家に運ぶ段取りが、できたようだ。おゆうたちが戻った気配に気付いたらしく、春江が出てきた。さっきはいなかった、職人風の若い男が寄り添っている。男はこちらを見て、深く腰を折った。

「お役目ご苦労様です。あっしは、本郷大横町の玄助長屋に住んでやす、角太郎と申しやす」

「お前は何だ。小橋さんの知り合いか」

「へい。半年ほど前から、出入りさせていただいておりやす」

春江も脇から言う。

「角太郎さんには、いつも何かとお世話になっています。今も、父のことを聞いて駆けつけて下さいました」

「いえ春江お嬢さん、あっしはその、何か少しでも力になれることはないかと……」

角太郎は赤くなって懸命に喋っている。これは、誰が見ても明白だ。この角太郎という男、春江にベタ惚れらしい。

「お前、仕事は何をやってる」

「へい、浅草瓦町の松蔵親方のところで、鳶をやっておりやす」

「ほう、鳶人足か」

伝三郎の目が光った。鳶ならば、屋根伝いの侵入などはお手の物だ。そう言えば、史実の鼠小僧次郎吉も、鳶人足だったはずだ。

おゆうは角太郎を値踏みするように見つめた。顎が少し張っているが、顔立ちは整っており、意志の強そうな目をしていた。見ようによっては、なかなかいい男だ。

「あっ、あの、もう帰ってもよござんすかい」

伝三郎とおゆうの目付きが気になったのか、そわそわした様子で角太郎が言った。伝三郎が頷く。

「ああ、もういい。春江さん、手間を取らせた。丁重に弔ってやってくれ。角太郎、と言ったか。お前にも頼むぞ」

「へい、もちろんで」

小者と角太郎の手で、荷車に小橋の遺骸が乗せられた。春江が、改めておゆうたちに深々と礼をする。角太郎が荷車を曳き、俯き加減の春江とともに、西の本郷を指して帰って行った。

「あの角太郎って男、どう思います」

二人の後ろ姿を見送りながら、伝三郎に問いかけてみる。伝三郎は顎を撫でた。

「ちょいと探りを入れた方が、良さそうだな」

わかりました、とおゆうは頷いた。

浅草瓦町までは、神田明神から十五町ほど。小半刻もかからない。早速行ってみると、幸い松蔵は在宅していた。職人の親方らしく、四十がらみの色黒で豪快そうな男だ。

「ああ、東馬喰町の女親分さんだね。こいつは噂通り、なかなか大した別嬪だ」

松蔵は遠慮会釈なく言って、からからと笑った。こうもストレートだと、却って照れる。

「さてと、角太郎のことかい」

座敷で向かい合った松蔵は、団扇(うちわ)を使いながら話を始めた。

「あいつ、何かやらかしたか」

「いえいえ、そういうことじゃなく。実は、角太郎さんが出入りしてる先のご浪人が、殺されましてね」

殺し、と聞いた松蔵の目が、険しくなった。

「そいつは穏やかじゃねえな。角太郎が関わってるってんなら……」

「だからそうじゃなくて、ですね。角太郎さん、どうもそのご浪人の娘さんに、ほの字らしいんですが」

「ああ、春江さんとかいう人じゃねえのか」

松蔵の頬が緩んだが、すぐまた硬い顔になった。

「確か、母親はだいぶ前に死んで、父親と二人だって聞いたぜ。その娘さん、一人になっちまったわけかい」

「そうなんです。だから気の毒で」

「なら、角太郎の奴も気を揉んでるだろうなあ。仇討ちなんて、妙なことを考えなきゃいいが」

「仇討ち？　そんなことを考える人なんですか」

「いやね、堅物ってわけじゃなく、その春江さんに惚れきってて、春江さんのためなら命も惜しまねえ、ってな。熱が上がりやすいんだよ。まったく、相手はお武家の娘だってのに」

直情径行タイプか。それは良し悪しだな。

「どこで知り合ったんでしょう」

「どこかの縁日だって聞いたぜ。櫛を落として捜し回ってたのを、見つけてやったんだと。母親の形見とかで、えらく喜ばれて、その様子にまいっちまったらしい。確かに別嬪だからな。もう何年かしたら、あんたぐらいいい女になるかもしれねえ」

あらまあ、千太や藤吉と違って如才ないおじさんだこと。

「角太郎さん、鳶としての腕はどうですか」

「ああ、悪くねえな。うちへ来て二年になるが、十人いる鳶人足の中じゃ、まあ一番と言っていいだろう」

「前はどちらにいたんでしょう」

「深川の留助って親方のところだ。そこで修業してたんだが、留助さんが亡くなってな。それで、うちへ。生まれは確か、深川の黒江町だったかな」

どうやら身元はちゃんとしているようだ。

「しっかりした人みたいですね。春江さんのこと、お任せしても大丈夫かしら」

「ああ、そういうことか。うん、娘さんに悪さをするような奴じゃねえ。けどまあ、春江さんの方も一人っきりだ。頼れる男なら職人の女房でもいいってんなら、俺はもろ手を挙げるがねえ」

春江を託すための人物調査に来たのだ、と早合点して上機嫌になった松蔵に礼を述べ、おゆうはそそくさと引き上げた。


その足で、宇田川の家に向かった。ラボを訪ねるのと同様に、「おーい、入るよ」と声をかけて、そのまま二階に上がる。

宇田川は、この家に捨て置かれていたらしい古びた文机を出して、顕微鏡を扱っていた。

「ちょうどいい。思った通りだったぞ」

顕微鏡から顔を上げ、標本の載ったガラス板を示す。

「さっき死体の爪から取った繊維だ。紫色に見えたんで詳しく調べたら、久松とかいう旗本屋敷の屋根瓦から取ったのと同じものだった」

「えっ……それって」

この結果には驚いた。つまり、小橋は死ぬ直前、久松家から盗まれた村正と接触した、ということだ。爪の間に繊維が入ったのは、村正を入れた袋を摑んだからに違いない。おそらく犯人は、小橋を刺した後、その手から村正をもぎ取ったのだ。

「小橋さんは、どうして盗まれた村正を持っていたんだろう」

「それを考えるのは、俺の仕事じゃない」

宇田川は例によって、あっさりと切り捨てた。

（小橋さん自身が、屋敷に侵入したとは思えない。鼠小僧と、何らかの接点があったんだわ）

そこでおゆうは、湯屋横町の長屋で会ったとき、春江の顔に一瞬浮かんだ動揺を思い出した。

（やっぱり気のせいじゃない。春江さんは、鼠小僧に心当たりがある）

だとすると、腕のいい鳶人足の角太郎は、間違いなく有力容疑者になる。

（角太郎と小橋さんは、ツルんでたのかな）

考えられなくはないが、目的は何だろう。貧乏長屋に金を撒くのが目的なのか。どうしてそんなことをしようと考えたんだろう。

（逆に、ツルんでないとしたら）

その場合、小橋が角太郎の盗人稼業に気付き、娘のために止めようとした、とも考えられる。もしや、村正を角太郎から奪い返そうとしたのか。であれば、小橋殺害の第一容疑者は、角太郎ということになる。松蔵の人物評価は、誤っていたのだろうか。

「それから、土塀から採取した繊維だが」

すっかり考え込んでいたので、宇田川の声に飛び上がった。

「ああ、はいはい、何だって」

「こっちはグレーの糸だ。普通の木綿だな。死体を運び出した奉行所の連中の中に、そういう色の着物を着てたのは、いなかったよな」

「ええ。犯人はグレーの着物を着てたってことね」

「グレー一色とは限らん。他の色の糸も織り込んでるかもしれん。犯行時に犯人が着ていた着物が手に入れば、すぐに検証できる。ただし、同じ着物がたくさん出回っていると厄介だが」

「うーん、今の段階じゃ、何とも。容疑者をまず、見つけないと」

さっき角太郎が着ていたのは、薄青色の着物だった。しかし彼であれ誰であれ、容疑者を押さえれば着物を手に入れることはできる。それに、繊維が同じ、という話ならば、江戸の御白州でも通用する可能性がある。

「糸くずの話は、助かるわ。その調子でお願い」

宇田川は、わかったというように軽く手を上げた。

その日の夕刻、嬉しいことに伝三郎がやって来た。来てくれるかなと思ったので、茄子の揚げ出しと佃煮、卵焼きなどを用意していたおゆうは、早速冷や酒と一緒に出し、お疲れ様ですと微笑んだ。

「おう、有難えな」

奥の座敷で胡坐をかいた伝三郎は、おゆうの酌を受けて、まず一杯を干した。

「あの、小橋さんの爪に入ってた糸くずなんですが」

二杯目を注いで言うと、伝三郎の手が止まった。

「うん。何かわかったか」

「丹波守様の村正が入っていた布袋のものと、同じでした」

「何だって」

さすがに伝三郎は驚きを見せた。

「あれか。丹波守様の御屋敷の屋根瓦で、千住の先生が見つけたやつと突き合わせたのか」

「はい」

「で、先生は同じものと見立てた、と」

伝三郎は盃を空けてから、首を傾げる。

「じゃあ小橋さんは、殺される前に一度、村正を手にしてるんだな」

「だと思います」

「殺しの理由は、村正か……。どうして小橋さんが、それを」

「それなんですが、小橋さんは鼠小僧が誰なのか、知ってたんじゃないでしょうか。たぶん、春江さんも」

おゆうは湯屋横町で、去り際に見た春江の様子を話した。伝三郎が腕組みし、ふーむと唸る。

「こいつはやっぱり、角太郎が怪しいな」

「鳶の松蔵親方から聞いた話じゃ、そんな悪事に手を染める人とは思えないんですが」

「確かに悪党にゃ、見えなかった。けど人の本性ってのは、なかなかわからねえもんさ」

伝三郎が、やるせなさそうに言った。

「ところで、土塀で見つけた糸くずの方は、先生、どう言ってる」

「え？　ああ、あれはグレ……鼠色の糸だそうです。そういう色を使った着物だろうって」

「ふん、鼠色か。鼠小僧の着物としちゃ、出来過ぎだな」

その言い方でおゆうは、伝三郎が角太郎を小橋殺しの下手人と考え始めているのを悟った。

「なかなか先生も、役に立ってくれてるじゃねえか」

「え、ええ、そうですね」

伝三郎の口調が、微妙に変わったような気がした。

「そう言や、この春の土蔵破りの一件を手伝ってもらったときに、ひと月かふた月の付き合い、とか言ってたな。そうすると、正月明けくらいからか」

「あー、まあ、その辺りですねえ」

「千住の方で、どんな暮らしをしてるのかねえ。いっぺん、覗いてみるか」

げほ。

「いえ、先生はいま、こっちの方に用事があって、借家を探しておられたので、橋町で一軒、見つけてさしあげたんです。ひと月くらいはこっちみたいですよ」

「ふうん、橋町にいるのか」

伝三郎は盃を傾けながら、覗き込むようにおゆうの顔を見ている。

「はい。あ、私も頂こうかなあ」

うまく目を逸らせて、盃を取った。伝三郎が、すぐさま酒を注いでくれた。

「ありがとうございます。鵜飼様と一緒に飲めるのは、やっぱりいいなあ」

おゆうはその一杯を飲み干し、伝三郎に体を寄せた。本来ならとってもいい感じになるところだが、まず伝三郎の興味を宇田川から外さねばと、気が気ではない。

「なあ、宇田川先生と知り合ったのは、どんな一件からだい」

声は甘いが、聞いてくることはシビアだ。どうしてそんなに宇田川を気にするの。妬いてるんならちょっと嬉しいが、何とか躱さないと……。

「鵜飼の旦那、こちらですかい」

表で源七が呼ばわった。なんというタイミング。いつもなら、このお邪魔虫め、どうしていいところでばかり現れるの、と恨むところだが、今日に限っては救いの神だ。

「小橋さんが殺された場所ですが、それらしいのが見つかりやした。神田明神の門前に入る路地の壁に、血の痕が。明日朝、ご案内いたしやす」

源七は、自分がどういうときに割り込んできたのか、全く気付く気配がない。まあ、それはそれで好都合ではあるが。

「明神の門前？　中山道の通りから入り込んだところか。通り道じゃあねえな」

幸い、伝三郎の意識は殺人現場の状況に向いたようだ。

「中山道なら夜遅くても人通りはありますね。それを避けた下手人に連れ込まれた、ってことでしょうか」

おゆうの言葉に、伝三郎も同意する。

「言葉巧みに人の目のないところへ誘って、後ろから刺し、村正を奪ったか。或いは逆に、小橋さんが村正を持っていた奴を路地に誘い込み、村正を奪おうとしたが、返り討ちにやられたか」

どっちの解釈を取るかで、事件の様相は大きく変わる。なかなか厄介だ。

「いずれにしても、小橋さんは村正を盗んだ鼠の野郎と、どっかで繋がってたわけですね」

源七も腕を組み、頭を回転させている。

「それは間違いなかろう。しかし、神田明神のところで小橋さんは、何をしてたんだ。湯屋横町へ帰る途中だったのか」

神田明神から湯屋横町までは、中山道を通って八町ぐらいだ。歩いて十五分足らず。帰り道だったと見るのは、理にかなっている。

「けど旦那、どこからの帰りだったんでしょうね」

「そいつは難題だ。本所深川から日本橋界隈、芝口に江戸湊、どこからでも本郷の湯屋横町に帰るとき、神田明神を通るだろう」

要するに、江戸中心街の東半分がごっそり対象になる。これでは絞れないが……。

「待って下さい。春江さんは、小橋さんが暮れ六ツ過ぎに出かけたと言いましたね」

「ああ、そうだったな」

「死骸の固まり具合と、木戸が閉まる前に下手人が逃げ去ったことを考えれば、殺されたのは五ツ半（午後九時）頃でしょう。湯屋横町を出てから一刻半です。誰かと会合の約束があって出かけたなら、大雑把ですが、行きに半刻、会合に半刻、帰り道に半刻、とみればそう間違っていないのでは」

おゆうの推測を聞いて、伝三郎は「ふむ。悪くねえな」と頷いた。

「てことは、湯屋横町から一里……いや、日が暮れてからなら三十町ってとこか。おい、絵図を出してくれ」

「はい」

おゆうは簞笥から畳んだ江戸切絵図を出し、畳に広げた。伝三郎が指で通りをなぞる。

「三十町てぇと……日本橋の南から東をぐるっと回って、両国橋を渡って回向院ぐらいまでか。さて、この中だとどういう……」

そこで絵図を見ていたおゆうは、はっと思い当たった。

「源七親分、天祥楼って、日本橋のすぐ南の青物町ですよね」

七

「取り敢えず、千太と藤吉に天祥楼を見張らせてたんだが」

翌々日の午前、番屋に立ち寄ったおゆうは、源七と顔を合わせた。源七は、いいところへ来たとばかりに天祥楼の話を始めた。

「おゆうさん、小柴の鬼六って野郎を知ってるかい」

「鬼六？　いいえ、知りませんけど」

「子分を五、六人抱えたやくざ者で、汚れ仕事を請け負ってる。まあ、取り立てとか脅しとか嫌がらせとか、そんなことをな」

「そいつが、天祥楼と何か」

「昨夜、子分を一人連れて天祥楼の裏口を入ったんだ。様子からすると、主の崇善に呼ばれたんだろう。今までも何度か、仕事をやらせてるって話だ」

「名のある料亭がやくざ者を使うんですか」

「噂じゃ、ちょいと傾いた商売敵の店を無理矢理買い取るのに、働いたそうだ。脅しをかけたんだろう」

ふうん。天祥楼の崇善って、そういう奴なのか。気に入った刀なら盗品でも買う、と囁かれているだけのことはあるようだ。

「で、昨夜の話なんだがな。藤吉が言うには、鬼六は何かこう、細長い布袋を持ってた、てえのさ。刀が入るような」

「えっ。それ、もしかして紫色に金糸を施したものですか」

小橋から奪い取った村正を持ち込んだのか、と思ったが、源七はかぶりを振る。

「暗かったんで、色まではわからねえ。例の村正かどうかまでは、ちょいとな」

「でも、怪しいですよね。崇善なら、その鬼六とかいうのを使って村正を手に入れるぐらい、やりかねないんじゃないですか」

「確かにな。けど、決め手がねえぜ。崇善に問い質したところで、とぼけるに決まってらぁ」

それはそうだ。もう少し何か、裏付けがほしい。

「もし村正だったとしたら、鼠小僧はどう絡みますかね」

「うん？　どういう意味だい」

「鼠小僧が崇善に村正を売ろうとしたなら、鬼六が間に入るのは変ですよね。分け前が必要になる分、損ですもん。でも、どうやったかわかりませんが、小橋さんが鼠小僧から村正を手に入れ、それを鬼六が奪ったとしたら、鼠はどうするでしょう」

「だとすると、鼠は儲けをさらわれた、てぇことになる。もしかすると、黙ってねぇかもしれねえな」

源七はしきりに顎を撫でながら考え込んでいたが、やがて膝を打った。

「こりゃあ、天祥楼を張っておけば、鼠が現れねえとも限らねえぞ」


その夜である。おゆうは日本橋青物町の、油屋の二階の窓辺にいた。そこは店の裏側で、狭い路地を挟んだ向かいは、天祥楼の裏塀だ。十五間ほど先に裏木戸も見える。

「客は全部帰ったのか」

すぐ後ろから、宇田川が尋ねた。塀と植木の向こう側にある天祥楼の中庭は、座敷の灯り(あか)でほんのり照らされていたのだが、今は暗い。座敷から漏れていた三味線の音も、聞こえなくなっていた。

「そうだね。もう四ツ（午後十時）前だもの」

おゆうは天祥楼に目を据えたままで応じた。

「今夜鼠に来てもらわないと、段取りが面倒なんだが」

何を勝手なことを。

「そんなの相手次第なんだから。そもそも、鼠小僧が来るかもなんて、希望的観測でしかないのに、あんたが勝手についてきたんじゃない」

もし鼠が来るとしたら、村正を運び込んで日が経たないうちに来る可能性が高いが、そもそも鼠がこのことを知っているのかどうか。「かもしれない」を三つくらい重ねた話なので、報告を聞いた伝三郎もさほど期待はしていないようだった。それでも、言い出しっぺという格好の源七たちは、この暗闇のどこかで身を潜めて張り込んでいる。

一方宇田川はと言うと、鼠小僧にまみえるチャンスがあるなら、とにかく行ってみる、という構えだった。大きな風呂敷に機材を包んで、ここまで持ち込んでいる。

ここを借りるのは、さすがに手間取った。天祥楼は油屋にとって客先だ。屋根も監視できる場所がいいと宇田川が言い張ったせいだが、急な話のうえ、天祥楼は油屋にとって客先だ。渋るところを十手の威光と少々の心づけで、なんとか承知させたのである。宇田川は、そういうことには全く無頓着だ。

江戸で一番賑わう界隈だが、東京と違ってこの刻限になると、ひっそり静まり返っている。眠気が侵入してきて、おゆうは大欠伸した。

「ほらよ」

風呂敷を解いて店開きしていた宇田川が、缶入りのブラックコーヒーを差し出した。こんなものまで持ってきていたのか。

「あ、ありがと」

せっかくなので頂戴する。たまにこうして気が利く場合もあるのだが、極端にムラがあるのがこの男だ。

缶コーヒーを飲み干し、さらにじっと待つ。夜空には雲が多く、月明かりが時折陰った。宇田川はノートパソコンを開いており、照度を抑えた画面の光に、その顔がぼんやり照らし出されている。表情が真剣なせいか、奇妙に幻想的だった。何だか不思議な感覚だな、とおゆうは思った。

ふと、何か気配を感じた。背筋に緊張が走り、おゆうは傍らに置いていた暗視ゴーグルを取って装着した。通販の安物ではなく、宇田川に借りたハンズフリーの高性能品だ。

天祥楼の屋根に目を向けた。屋根瓦以外、何も見えない。が、一分ほど過ぎた頃、屋根のてっぺんに人の頭が現れた。

「来たっ！」

押し殺した声で告げると、宇田川も暗視ゴーグルを着けて窓辺に寄った。

屋根に現れた男は、頰かむりをして黒色と思われる着物の尻を端折っていた。どうやら、これが鼠小僧のようだ。鼠は屋根の上を移動し、当りをつけたところで屋根瓦を外した。

「侵入するよ」

おゆうが囁き、宇田川も頷いた。鼠は瓦と屋根板を外し、開いた穴にさっと身を滑り込ませた。なかなか鮮やかだ。

「蔵に入るんじゃないんだな」

宇田川が疑問を呟く。

「蔵の屋根を破るのは無理だし、錠前破りはできないでしょう。それに、刀は座敷にあるのかも」

「どうして蔵にしまわない」

「手に入れたばかりの銘品なら、しばらくは手元で眺めて楽しみたいでしょう。鼠はそれを読んでるんじゃないかな」

ふうん、と宇田川が曖昧に応じたとき、突然天祥楼の中で騒ぎが起こった。

「この野郎ッ！」

「待ちやがれッ！」

怒号が飛び、人が床を踏み鳴らして走り回る音。間もなく灯りがともされ、動き回る数人の人影が見えた。

「何だ、こりゃ」

宇田川が呆(あき)れたように言う。

「大変、見つかったみたい」

呼子の音が夜の町を切り裂いた。源七たちが、騒動に気付いたのだ。一拍置いて、屋根の穴から鼠小僧がひょいと頭を出した。

「出番だな」

宇田川の声と共に、後ろからモーター音が聞こえた。気付いたおゆうは、さっと身を避ける。そのすぐ横を、黒い影が掠めて外に飛び出した。

鼠小僧は、もう屋根の上に出ていた。懐に何か入れているように見える。中庭に飛び出た連中が、右往左往しながら屋根を指している。

「やいこら、おとなしく下りて来やがれ！」

表通りの方から、源七の叫び声が聞こえた。続いて、神妙にしろ、という千太の声がする。鼠は、ちらりと表の方を見やったが、すぐに身を翻して屋根を駆けた。同時に宇田川も叫ぶ。

「ようし、ロックオン」

パソコンの画面を見つめながらコントローラーを操作していた宇田川が、勢いよくエンターキーを叩いた。ほぼ同時に天井の上から、とん、という音が響いた。鼠小僧が油屋の屋根に飛んだのだ。そのまま屋根を走る足音がした。

「見ろよ」

宇田川がパソコンを指すので、覗き込んでみる。画面の中央で、白っぽい人型が走っていた。数十メートル上から、見下ろす画像になっている。さっき飛ばしたドローンからの空撮だ。どうやら赤外線カメラを搭載しているらしい。

「へえっ、こんなの用意してたの」

これなら暗夜でも、追跡できる。人型は、画面のほぼ中央に維持されていた。

「大丈夫？　見失ったりしない？」

「心配いらん。自動追尾モードになってる」

マジ？　すごいな宇田川。

「どこまで追えるの」

「このスピードなら、片道十キロくらいは大丈夫だ。追跡中にバッテリーが危なくなったら、自分で反転して戻ってくる」

鼠小僧は、江戸橋を渡って北に向かっていた。そのまま十キロも行けば、江戸市街を出て千住の先、綾瀬(あやせ)辺りになる。そこまで行くことはまずないだろう。

「他の人たちは、見えるかな」

「源七親分たちか。いや、振り切られたみたいだ。鼠の他に人影はない」

鼠小僧はかなりの速さで走っているので、仕方あるまい。春に宇田川が江戸へ来たときに追った、あの女のことを思い出す。さすがにあいつとは関係ないだろうが。

追跡は、おおよそ三十分近くに及んだ。屋根を走り、木戸を飛び越え、時に地上の街路を駆け抜けた鼠小僧は、一軒の小さな家に入り、そこで止まった。

「どこなの、ここは」

宇田川はドローンを上昇させた。どうも画面右下側は、大きな黒い闇になって人家がないようだ。ＧＰＳがないので、場所は計算で出すしかない。

「ここからだいたい、方位三百五十五度で距離は三千二百メートルほどだな。わかるか」

真北の少し左寄りか。その距離だと、寛永寺の方かな。するとこの黒い闇の部分は……。

「そうか。不忍池（しのばずのいけ）の端だ」

武家屋敷が多いところだが、町家もある。その中の一つを、アジトにしているのかもしれない。

（ここにしばらくいるのかな）

もしこれが角太郎なら、本郷の長屋に帰るところまで追跡して、確定させたいところだが。

「このままホバリングさせて監視を続けても、電力を消耗するだけだ。帰すぞ」

限界か。残念だが仕方がない。

「で、どうする。このこと、鵜飼同心に報告するのか」

ドローンに帰還の指示を出してから、宇田川が言った。

「それは無理。どうやってアジトを突き止めたか、説明できないもん」

これを聞いた宇田川が、薄笑いを浮かべたように見えた。伝三郎に対抗する気なのか。

「とにかく、朝になったらそこへ行ってみましょう」

宇田川は黙って頷いた。


翌朝、源七の家である居酒屋「さかゑ」を訪ねてみた。

「あ、おゆうさん、いらっしゃい」

女将で源七の女房、お栄が迎えてくれた。店はまだ営業前だ。

「おはようございます。親分は？」

「奥で高鼾(たかいびき)よ。青物町で張り込んで、鼠小僧とかいうんだっけ、そいつを追って一晩中走り回ったとかでさ」

鼠に振り切られて、あちこち捜したのだろう。一直線に不忍池まで駆けたとは、さすがに思うまい。

「そうですか。私も、千住の先生と油屋の二階を借りて見張ってたんですけど、逃げられました」

実は追い詰めたのだが、ここでは言えない。

「お疲れ様。いま、昼の仕込みの最中なんだけど、朝ご飯食べた？」

「まだです」

「里芋の煮っ転がしと漬物でよければ、出せるけど」

「わあ、ありがたいなあ」

お栄は笑って、ちょっと待っててと厨に入った。おゆうは卓の前に座った。そこへ、盛大に欠伸をしながら源七が出てきた。

「よう、おゆうさん。昨夜はやられちまったな。読み通り、鼠の奴が出て来やがったってのによぉ」

源七は口惜しそうに言って、腕をぐるぐると回し、おゆうの向かいに腰を下ろした。

「すばしっこい奴だ。まさしく鼠だな。あんた、姿は見たか」

「ええ、ちょっとだけですけど。屋根の穴から出てくるところは、何とか見えました」

「うん。俺は、入るところは気が付かなかった。けど、天祥楼の中が騒ぎになったんでな。それで見回したら、野郎が屋根の上に出て来やがって」

「天祥楼の人たちが、鼠小僧に気付いたんですね」

「ああ。けどなァ、ちっとおかしいと思わねえか」

おかしい？　おゆうは首を傾げた。そう言えば、暗視ゴーグルで見た様子では、天祥楼で駆けずり回っていた連中、料亭の従業員という雰囲気ではなかった気がする。

「言われてみると……あんな刻限じゃ、みんな寝静まってて普通は気付きませんよね」

「そうよ。あの後、天祥楼に行って何を盗られたのか聞いてみたんだが、蔵は無事だ、母屋から何か盗られてないか調べる、って答えだった」

「あれだけ大騒ぎしていたのに、何がなくなっているか確かめてないんですか」

鼠小僧は、逃走するとき懐に何か持っていた。村正を盗み出すのには、成功しているはずだ。

「な、変だろ。崇善本人が出てきたんだが、寝間着じゃなく、きちんと羽織まで着ていやがった。寝起きと言うより、夜っぴて起きてた、てぇ按配(あんばい)だな」

「てことはつまり、待ち構えていた？」

崇善は、おゆうや源七と同じ読みをしていたのか。

「だとすると、中庭で騒いでいたのは鬼六一味かもしれませんね」

「用心棒として待ち伏せさせてたか。ありそうだな」

そこへお栄が、里芋と漬物と、炊き立てのご飯を膳に載せて運んできた。湯気の上がる味噌(みそ)汁もある。

「美味しそう。すみませんねえ」

「お、何だ。俺の分はねえのか」

「今起きてきたばっかで、何を言ってんだい。出してあげるから、待ってな」

　お栄は源七の背中を叩いて、厨に戻った。

「実は、もう一つ気になることがあるんだ」

　お栄が引っ込んでから、源七が身を乗り出して言った。おゆうは飲んでいた味噌汁の椀（わん）を置いた。

「何かおかしな動きでも」

「ああ。天祥楼を張ってるとき、俺たち以外にもう一人、いたような気がするんだ」

「もう一人？　そいつも天祥楼を見張ってたんですか。どんな奴です」

「暗くてはっきりとはわからねえ。気配だけ、ってところか。騒ぎが起こる前に、消えちまったようだ」

　源七のようなベテランがそこまで言うからには、気のせいではあるまい。

「それだけじゃねえ。千太の奴が言うには、一昨日の晩、鬼六が来たときにも陰で見張ってた奴がいたようなんだ。気付いてたなら、早く言えって怒鳴りつけてやったんだが」

　一昨日の晩にもいた？　鬼六が村正らしきものを天祥楼に持ち込んだところを、そいつは見ていたということか。

「源七親分、もしやそいつ、鼠小僧の仲間じゃ」

「ああ。俺もそう思う」

源七は難しい顔で、おゆうの思い付きを肯定した。


午前中に、と思っていたが、不忍池に行くのは結局、午後になった。宇田川は小ぶりの風呂敷包みを持って、一緒に歩いている。中身は、鑑識キットだろうか。

「不忍池まで片道三キロか。やれやれ」

運動不足の宇田川は、ぶつぶつ言っている。江戸でさんざん歩き回っているおゆうは、その程度の距離なら全く気にならなくなっていた。

面倒臭そうに歩く宇田川を急(せ)き立て、不忍池の際に着いたときは、もう八ツ半（午後三時）だった。

「この辺、だよね」

周囲を見回して言うと、宇田川も「だと思うが」と返事した。周辺は、寺と武家屋敷と狭い町人地がモザイク状に連なっている。

「こっち、かな」

池を背に、少し西側に入った。池之端七軒町(いけのはたしちけんちょう)の辺りだ。その隅っこで、小さな空家を見つけた。隣家があったようだが空き地になっており、人目に立たず出入りするには、都合が良さそうだ。

「これだと思うんだけど」

宇田川の方を向いて言ってみる。

「ふん。画像の様子からすると、たぶんこれだ」

宇田川は前に出て、家の中を覗こうとした。戸は閉まっているが、老朽化して板壁に隙間が開いている。

「暗くてよくわからん。入ってみるか」

宇田川は戸に手をかけ、ぐっと横に引いた。意外にも、軋みもせずにすんなり開いた。

「軋み音が出ないように手入れしてある。誰か使ってるのは間違いない」

誰も見ていないのを確認して、中へ踏み込んだ。埃と黴(かび)の臭いが鼻をつく。使ってはいるようだが、住んでいる様子はない。おゆうは、さっと家の中を検めた。家と言うより小屋に近く、襖も障子も残っていない。

「村正を隠した場所でもあるかと思ったけど」

村正を長屋に持って帰ったとは思えないので、発見を期待したのだが、そう甘くはなさそうだ。宇田川はしゃがんで、土間や柱をしきりに調べていたが、懐からペンライトと証拠品袋を引っ張り出した。何か見つけたらしい。

尋ねると、宇田川はピンセットでつまんだものを袋に入れ、おゆうの方に見せた。

「髪の毛だ。久松家の屋根裏と同じく、埃の上に落ちてる。鼠小僧か、その仲間のものと見ていいだろう。後で久松家で拾ったものと照合する」

「指紋はどう」

「戸と柱から採れるだろう。だが、髪の毛のＤＮＡ照合をするなら必要はあまりないな」

そう言いながらも、風呂敷包みから指紋採取キットを出し、パウダーを叩いて採取を始めた。

「見た感じ、一人分じゃないようだ。やっぱり仲間がいるんだろう」

二十分ほどかけて採取を終えた宇田川が、独り言のように言った。さらにスマホを出し、比較的鮮明な足跡の写真も撮った。

「ま、こんなところか。後はどうする」

「そうね……鼠は今夜にでも、ここに戻ってくるような気がする。たぶん、この家のどこかに天祥楼から盗んだものを隠しているはず」

「そいつを回収して、どこへ持っていくんだ」

「故買屋、かな。盗品でも引き取る刀剣商に伝手(つて)があるのかも」

それは単なる推測だが、あれが村正なら、こんな環境の悪い場所に何日も置いてはおくまい。銘刀は、デリケートな品物なのだ。

「それじゃ、今夜はここで張り込みか」

宇田川はその気になっている。彼の目的は、鼠小僧の身柄を確保し、史実との食い違いを確認することだ。ここで鼠を捕まえられるなら、連日の張り込みも厭(いと)うまい。

「そうね。一度帰って用意して、日暮れに来ようか」

宇田川は顔を顰めた。

「往復六キロ歩いてか」


結局宇田川は長い距離を歩くのを嫌がり、不忍池から寛永寺辺りを散歩して、鰻(うなぎ)でも食う、と言い出した。おゆうも面倒になったので、暮れ六ツ過ぎに落ち合うことにして、一度家に戻った。

今日に限っては、伝三郎と顔を合わすのはまずい。そう思ったが、幸か不幸か伝三郎は現れなかった。おゆうは捕り縄と懐中電灯とスタンガン、暗視ゴーグルを用意すると、途中で夕飯を食べてから、池之端に取って返した。

宇田川は、問題の空家の前でおとなしく待っていた。

「おう、来たか」

「待たせて悪い。怪しい奴、誰も来なかった？」

「怪しい奴も怪しくない奴も来ない。この辺は人通りが少ないな」

だからアジトに選んだのだろう。

「わかった。じゃあ、日も暮れたから隠れて見張ろう。手分けしようか」

周りには、物陰もあるし太い木もあるので、隠れ場所の心配はない。宇田川は、それじゃあと言って風呂敷包みからまた何かを出した。

「何これ」

差し出されたものを見て、おゆうは目を丸くした。

「連絡用だ。奴が近付いたら知らせる」

宇田川は簡単に使い方を教えてから、自分が選んだ木の陰の方へ悠然と歩いて行った。

寛永寺の鐘が、四ツ半（午後十一時）を知らせた。やはり、ただ何もせず待つのは辛い。

（あーあ、夏場で良かった。冬だったら、とてもこんな長く外で張り込めないわ）

おゆうは、空き地を挟んで空家の北にある武家屋敷の、塀の窪（くぼ）みに身を潜めていた。暗くなってから、通りがかる人は誰もいない。雲のない月夜で、真っ暗闇でないのは助かるが、暗視ゴーグルは念のため着けていた。

（宇田川にはああ言ったものの、本当に来るかなあ）

今夜にも鼠小僧がまたここに来る、というのは推論としては正しいと思うが、こうして暗闇で待っていると、不安になる。

「シエラ1よりヤンキー1、異状ないか」

ふいに耳に宇田川の声が響いた。眠気覚ましの定時連絡だ。おゆうはインカムのマイクに応答した。

「シエラ1、こちらヤンキー1。今のところ異状なし」

「シエラ1、了解」

宇田川が通信を切った。まったく、何がシエラにヤンキーだ。おゆうは苦虫を噛み潰す。シエラはS、ヤンキーはYを表すコールサインだ。宇田川とおゆうの名前の頭文字だが、そもそも電波傍受の可能性がゼロの江戸で、二人で通信するのにコールサインなんか使う必要がどこにある。

（こんなの、完全に宇田川のお遊びじゃん）

それに黙って付き合っている自分も自分だ。まあ、多少の退屈しのぎにはなるかもしれないが。

時計は持ってきていないから、時間の進みがわからない。一時間は経ったと思えるが、五分しか過ぎていないような気もする。さっさと何か動きが出てくれないものか。

「シエラ1よりヤンキー1。未確認目標接近中」

祈りが通じたか。宇田川が近付いてくる人間を発見したらしい。

「ヤンキー1了解。警戒する」

「ヤンキー1、目標は男性。通常歩行中。小屋まで二十メートル」

「シエラ1、目標を視認した」

暗視ゴーグルで捉えた相手は、確かに男だ。頬かむりをしていて、顔はわからない。

「ヤンキー1、新しい目標が現れた。さっきのをアルファ、次のをブラボーとする」

新しい目標？　仲間が現れたということか。

「あー、了解。アルファは空家に到達。今、侵入する」

アルファは顔を背けている。背格好だけは確認できた。

「シエラ1了解。ブラボーは視認したか」

「今、視認した。アルファと同じルートで接近中」

こっちの男は、アルファよりも無防備に見えた。手拭いを巻いているが、顔は正面から捉えることができた。若い男だが、見たことのない奴だ。

「シエラ1、ブラボーが空家に入る」

「了解、他に目標は見えない。空家の方に移動する」

　宇田川が数十メートル先の木の陰から、もぞもぞ動き出すのが見えた。おゆうの位置から空家の戸口までは十メートルちょい。足音を立てないよう、そうっと近付いた。ヘッドセットを外し、暗視ゴーグルは着けたままで、板の破れ目に顔を寄せる。中で人が動いた。アルファだ。頬かむりは取っている。ぼそぼそと小声で会話しているのが聞こえた。ブラボーが、分け前だか駄賃だかに文句を言っているようだ。

（さっさとこっち向け、アルファ）

　苛立っていると、宇田川が傍らに寄る気配がした。

「突入するのか」

　小声で聞いてくる。おゆうは手で制した。

「顔を確認するまで待って」

　言った直後、まるで聞こえたかのようにアルファがこちらを向いた。おゆうは親指を立てた。が、オッケーと言いかけて逡巡した。相手は二人、こっちも二人。ドローンで追跡したとは説明できないので、応援は呼べない。向こうが刃物などを持っていたら、どうしよう。スタンガン一挺で間に合うだろうか。

「あんた、武器持ってる？」

　宇田川は声に出さず、懐のものを引き出して見せた。おゆうは仰天した。

「なっ……何でそんなもの持ってるの」

叫びそうになるのをどうにか堪え、宇田川に噛みついた。宇田川が見せたのは、オートマチックの拳銃だった。

「慌てるな。シグ・ザウエルP226。サバゲ用のエアガンだ」

そう言えば、ラボの社長の河野はサバイバルゲームが趣味だった。借りてきたのか。

「要するにオモチャでしょ。それ、役に立つの」

「BB弾をフル装塡してある。プラスチックの弾丸でも、至近距離なら多少のダメージを与えられる。滅多なことで使うつもりはないが」

本物の盗人二人を捕らえようというときに、本気で言っているのがこわい。まあ、何もないよりはマシか。今はとにかく、鼠小僧を逃がすわけにはいかない。

「ゴーグル外して。月明かりがあるから、これを見られちゃまずい」

拳銃を見られるのもまずいが、もう仕方がない。宇田川は了解し、ゴーグルをしまった。

「行くよ。一、二……」
三、で勢いよく戸を引き開けた。
「わっ」

ブラボーが叫び声を上げ、飛び上がった。アルファが驚きを浮かべてこっちを見る。

「御用だ！　神妙になさいッ」

「畜生ッ」

　ブラボーが飛びかかってきた。武器は持っておらず、素手だ。おゆうは十手を振り上げ、ブラボーの腕に叩きつけた。ブラボーが転び、呻き声を上げた。その隙に、アルファが身を翻した。裏の壁を破って逃走する気か。

「動くな！」

　おゆうが怒鳴って十手を向けたが、怯む気配はない。そのまま身を躍らせようとしたとき、動きが急に止まった。

「くそっ、離しやがれこん畜生」

　アルファは、宇田川に襟首と腕を摑まれてもがいていた。ああ、そうか、とおゆうは安堵した。アルファは身が軽い分、江戸人としても小柄だった。対して宇田川は、現代でも太目で大柄だ。アルファとは、体格に倍近い差があった。小学六年生が関取に捕まったようなものだ。

「宇田川君、グッジョブ！」

　思わず現代語を口走ったが、じたばたするアルファは気付かなかったようだ。

「あっ、待ちなさいッ」

　アルファに注意が向いたところを狙って、ブラボーが跳ね起き、戸口から外へ飛び出した。追おうとしたが、今はアルファの方が大事だ。諦めて、おとなしくなったアルファに近付き、十手をその首筋に当てて、左手で捕り縄を出した。

「観念しなさい、角太郎」

角太郎は舌打ちし、勝手にしやがれと胡坐をかいた。

第三章　刀好きの宴

縛られた角太郎は、もう抵抗する素振りは見せなかった。宇田川のエアガンを使わずに済んだことで、おゆうは胸を撫で下ろした。

おゆうはろうそくを見つけて火をつけると、角太郎を一睨みして、十手でその脇の土間を指した。土が払われ、木の板が顔を出している。

「あんた、そこから何か出そうとしたね。盗ったものの隠し場所かい」

角太郎は無言で、唇を引き結んでいる。おゆうは宇田川に目で合図した。宇田川は板の横にしゃがんで手をかけ、軽く持ち上げた。その下に、床下収納のようなスペースが現れた。宇田川はそのスペースに手を突っ込み、入っていたものを引っ張り上げた。

出てきたのは、長細い布袋だった。紫色で、金糸で織り込まれた模様が入っている。おゆうは笑みを浮かべた。

「昨夜、天祥楼から盗んできたのが、これだね」

角太郎は苦い顔で、「ああ」と認めた。袋の口を解き、中を確かめる。立派な拵え(こしら)の脇差が、間違いなく収まっていた。満足したところで、宇田川が勝手に角太郎を尋問し始めた。

「お前は、鼠小僧か」

何て馬鹿正直な聞き方だ、とおゆうは呆れる。

「はァ？　何だその、鼠小僧ってのは」

角太郎は一瞬ぽかんとしてから、言い返した。表情からすると、初めて聞いたようだ。そう言えば、彼を鼠小僧と呼んでいるのはおゆうと伝三郎と源七ら、十人足らずしかいない。本人の耳には伝わっていないのだ。

「年は幾つだ。何年の生まれだ」

「寛政十一年だ。数えて二十四」

それがどうした、とばかりに宇田川を睨むが、宇田川は気にする様子もなく、続ける。

「どこの生まれだ。父親は何て名で、仕事は何だった」

「あ？　深川黒江町だ。親父は彦造（ひこぞう）ってんだが、材木屋の人足頭をやってた」

「両親は存命なのか」

「いや、親父は一昨年、お袋は五年ほど前に死んじまった」

角太郎は妙な顔をしていたが、隠すこともなく答えた。

「ちょっと、いきなり身元調べしてどうすんの」

おゆうが脇をつついて囁くと、宇田川は「もう済んだ」と言って脇にどいた。宇田川が何をしたかったのかよくわからないまま、おゆうは自分の知りたいことを聞いた。

「さっき逃げた奴は、誰なの」

「ああ、あいつか。あいつも鳶人足で、二助（にすけ）って奴だ」

「あんたの仲間かい」

「仲間ってわけじゃねえ。小遣いをやって、天祥楼を見張るのを手伝わせたんだ」

ははあ。源七が、自分たち以外にも見張りがいたようだと言っていたのは、そいつのことだったのか。

「なのにあの野郎、事が済んでから、駄賃が少ねえ、もっと寄越せって言いやがったんで、もういっぺんここで会うことにしたのさ。天祥楼からたんまり盗んだと思ったらしいや」

「たちの悪いのを雇ったんだね」

「博打好きで、親方からも睨まれてたからな。小遣いを餌にすりゃ使えると思ったんだが、ちっと見くびったぜ」

角太郎は吐き捨てるように言った。そういう事情なら、逃げた二助は二度と戻るまい。

「で、天祥楼から幾ら盗ったのさ」

「え？　いや、金は盗ってねえ。主人の奥座敷の手文庫には、金は入ってなかった。盗ったのは、床の間にあったそいつだけだ」

「ふうん。じゃあ、あんたは初めからこれを狙ってたんだ」

おゆうは脇差の入った袋を、角太郎に突きつけた。

「これが何だか、承知してるわけだね。言ってみなさい」

角太郎は唇を歪めたが、仕方なさそうに頷いた。

「俺が旗本屋敷から盗んできた脇差だ」

「久松丹波守様の屋敷から、あんたが盗んだものだね」

「ああ」

角太郎は二助を見張りに使って、鬼六がそれらしいブツを天祥楼に持ち込んだことを確認し、取り返しに侵入したわけだ。

「でも、どうしてあんたが盗んだ脇差が、天祥楼にあるんだい」

それには、角太郎は答えようとしない。

「小橋さんは、どう絡んでるの」

角太郎の眉が動き、唇がより一層、固く閉じられた。この辺りの事情は、言いたくないらしい。

「あっそう。まあいいわ。明日、大番屋でじっくり聞かせてもらうから」

「それよりあんた、どうしてここがわかったんだ」

逆に角太郎から聞いてきた。これはいけない。もっともらしい回答を用意しなければ。おゆうは思わせぶりな笑みだけ返し、何も答えずにおいた。

夜中に護送はできないので、すぐ近くの池之端の番屋まで連行して木戸番を叩き起こし、若い衆を二、三人集めて徹夜の張り番を任せた。おゆうたち目明しには逮捕権がないので、正式な逮捕は明日、伝三郎が出向いてきて行うことになる。

提灯を借り、脇差の袋を持って夜道を帰りながら、宇田川に尋ねた。

「角太郎の身元を聞いて、何がわかったの」

「ああ、そのことか」

宇田川は何となく、機嫌が良さそうだった。

「史実の鼠小僧と同じ奴かどうか、確かめたんだ」

「ああ、そうか。で、どうだった」

「記録に残っている鼠小僧は、江戸元吉原(もとよしわら)で寛政九年に生まれてる。今年、満二十五歳だ。父親は貞次郎(さだじろう)、中村座の木戸番だったらしい。角太郎が喋った話と、全然違う」

「そうなの？　嘘(うそ)を言ってるってことは」

「奴は生い立ちを聞かれた理由をわかってない。我々に嘘を話す必要は、ないだろう」

それもそうだ。では、本当の鼠小僧は、史実の通りまだ出現していないのか。

「とにかくこれで、歴史の変化に対する俺の仮説が間違っている可能性は、大きく低下した。江戸での用事は、済んだな」

「え、帰っちゃうの」

角太郎の動機や、天祥楼と鬼六が何をやったのか、についての調べはこれからだ。だが宇田川の興味は、鼠小僧の真偽だけにあるようだ。

「ところでその村正だが」

宇田川はおゆうの持っている袋を指した。

「返す前に、分析したいんだが」

ちょっと、何を言い出すんだ。

「分析って、どうするの」

「まず、ＰＭＩにかけて金属材質検査だな。あとは密度とか、考えられる全て。滅法切れ味の鋭い刀なんだろ。分析でその辺の理屈がわかれば一番いい。コンマ一ミリでいいから、サンプルも削れるといいな。本物の刀を分析するチャンスはなかなかないし、しかも名のある銘刀となると……」

「ちょっと待ちなさいって！」

調子に乗って喋り続ける宇田川を、青くなって止めた。

「せっかく手元にあるんだから、一日だけ借りられれば」

冗談じゃない。

「馬鹿言わないで。刀の取り扱いや手入れって、すごく気を遣うのよ。拭い紙も二種類用意しなきゃならないし、湿気を与えないよう注意がいるし、丁子油(ちょうじあぶら)っていうのを丁寧に塗らないといけないし。錆(さび)や疵(きず)がちょっとでも入ったら、大変なんだから」

「切断してみるつもりはないが」

「当たり前でしょ！　とにかく、絶対駄目だからね」

宇田川は大きく溜息をつき、未練がましく村正の袋を見続けている。おゆうは思わず、袋を守るように抱きしめた。


角太郎を拘束した、との報告を聞いて、伝三郎は驚きを露わにした。

「池之端の空家で捕まえて、村正も取り戻しただと」

「はい。こちらです」

役宅に伝三郎を迎えに行ったおゆうは、脇差を袋ごと恭しく差し出した。伝三郎が中を検め、うーむと唸る。

「でかした。こいつは大番屋に預けて、まずは角太郎をしょっ引こう」

伝三郎はすぐに支度して、八丁堀を出た。

大番屋から不忍池に向かう道々、伝三郎はどうやって角太郎を捕らえたか、説明を求めた。

「一昨日の晩、あいつが天祥楼から逃げるとき、私たちが張り込んでいた油屋の屋根を通ったんです。音でわかりました。源七親分たちは通りの両側に走り出ましたが、取り逃がしました。それに、天祥楼で待ち伏せしていたらしい連中も出てきましたけど、あいつを見つけられませんでした。東と西と南には、大勢の目があったんです。それをうまく振り切るには、真北に行ったとしか思えない、と宇田川先生が」

宇田川の名を聞いて、伝三郎が警戒するような目をした。

「あの先生が、角太郎は北へ逃げたと。それだけじゃあ……」

「ええ。角太郎の住処（すみか）は本郷です。あいつが鼠なら、盗んだ村正を長屋に持ち込んでは危ないでしょうから、盗人装束を解いて村正を隠した場所が、本郷までの間にある、と考えたんです」

「ふむ。そいつは道理だな」

「で、他の盗みのときもその場所を使っていたなら、天祥楼の近くではなく、本郷に近い場所だろうと。そこで距離の見当をつけて、使えそうな空家とか小屋がないかと捜していったところ、池之端にそれらしいのが見つかりまして」

「なるほど。しかし、空家や小屋なら他にもあるだろう」

「はい。それで一応調べてみましたら、宇田川先生がこれを見つけたんです」

おゆうは懐紙に包んだものを見せた。

「お、こいつは紫の糸くずか」

「はい。丹波守様の屋根や小橋さんの手から見つかったものと、そっくりだったので」

その糸くずは昨夜、押収した村正の袋から取ったものだった。空家を特定した理由を作るため、宇田川と相談してやった小細工だ。

「で、そこが奴の隠れ場所に違いないと見当をつけ、張ってたんだな」

そこで伝三郎が厳しい顔になった。

「なんでそのとき、俺に知らせなかったんだ」

「済みません。もう日が暮れかけていたし、お知らせしている間に角太郎が来てはいけないので、そのまま先生と張り込みを」

「馬鹿！　相手は盗人で、先生は素人だぞ。おとなしく縄を受けたから良かったが、匕首で襲ってきたらどうするつもりだったんだ」

伝三郎が強い口調で叱責（しっせき）した。自分でも思うことだったので、おゆうは身を竦め、すぐに謝った。

「ごめんなさい。ちょっと先走りました」

「お前に何かあったら……」

伝三郎はそこで言葉を切り、おゆうをじっと見た。本当に心配してくれているのだ。おゆうの胸が、また熱くなる。

「私……すっかりご心配おかけして。もう無茶なこと、しません」

神妙に頭を下げると、伝三郎も表情を緩めた。

「何度も言ってるが、調子に乗るんじゃねえぞ」

「はい」

伝三郎は、ほっと息をつき、改めて言った。

「しかし宇田川先生も、相変わらず大したもんだな。そんな風に突き止めるとは」

「ええ、ほんとに。こういうときは、頼りにできるお方です」

どうやら伝三郎は、おゆうの説明を受け容れたようだ。おゆうは安心して、伝三郎にぴったり寄り添い、池之端へと急いだ。


池之端で正式に召し捕りを言い渡され、大番屋に連行された角太郎は、伝三郎の前に引き据えられた。顔は俯き加減だが、消沈した様子はない。胆は据わっているようだ。

「一昨日夜半、日本橋青物町の料理屋天祥楼に押し入り、奥座敷より脇差一振りを奪いしこと、相違ないな」

伝三郎が型通りに罪状認否を求めると、角太郎は神妙に答えた。

「相違ございやせん」

金を盗っていないこと、逃走経路や共犯者のことなど、角太郎は前夜におゆうたちが聞いた内容を、ほぼそのまま供述した。

「盗みはこれだけじゃァあるめえ。全部吐いてしまえ」

「恐れ入りやしてございやす」

角太郎は、武家屋敷ばかり四件の盗みを自供した。その中に、久松丹波守の一件も含まれている。

「盗んだ金を、長屋に撒いたのか」

「左様で」

「何故、そんなことをした」

「そりゃあその、俺が大金を持つよりは、どうせなら大身のお武家から頂戴した金で、貧乏人を助けてやろうって思い付きやして」

「思い上がった考えだな」

「へえ。かもしれやせんね」

「どこの御屋敷で盗んだ金をどの長屋に撒いたか、それぞれ言ってみろ」

角太郎は、記憶を探る格好をしながら供述した。上総久留里藩黒田家の金は神田松下町へ、旗本五千石青江外記の金は中冨坂町へ、下野足利藩戸田家の金は湯屋横町へ、久松家の金は牛込肴町へ。

（湯屋横町の小橋さんの長屋へは、足利藩か……）

じっと聞いていたおゆうは、ふいに思い当たって声を上げた。

「ちょっと待って下さい」

伝三郎が、何だ、と怪訝な顔で振り返る。

「いま、湯屋横町で撒いたお金は、足利藩の御屋敷から、と言いましたね」

角太郎の顔が、急に強張った。

「変ですよ。足利藩の戸田長門守様の御屋敷は、神田駿河台です。湯屋横町には遠過ぎますよ。他の三件は、御屋敷近くの長屋に撒いているのに」

それを聞いて、伝三郎も不審の色を浮かべた。

「おい、どういうことだ。角太郎、正直に言え。本当に長門守様の屋敷に入ったのか」

「それは……」

角太郎の顔が歪んだ。おゆうは、それで察した。

「少々遠い御屋敷でも、それなりの理由があれば、話は違います」

「理由とは」

「角太郎さん、あんたが入ったのは、同じ下野でも足利じゃなく、富士見坂にある岩舟藩大山兵庫頭様の上屋敷でしょう」

角太郎の顔色が変わった。それで伝三郎も、事情を解したようだ。

「岩舟藩か。小橋さんの以前の主家じゃねえか。お前、そこから盗んだ金を小橋さんに」

角太郎は苦渋の表情を浮かべている。春江に惚れた角太郎は、小橋が藩を追われた事情と借金で難儀していることを聞き、義侠心も加わって、岩舟藩から金を盗んで渡してやろうと考えたのだ。だが、面と向かって金を渡そうとしても、断られるに決まっている。そこで、夜中に投げ込んでやることにした。だが小橋の家だけだと明らかに不自然なので、長屋の全部に投げ込んだのだ。

「だったら、何で他の屋敷や長屋に同じことをしたんだ」

伝三郎が問い詰めると、角太郎は大きく溜息をついた。

「ばれちまっちゃしょうがねえ。湯屋横町で金を撒いたとき、どうにも気分が良かったんでさ。威張ってるお武家から金を頂戴して、貧乏人に分けてやるのが、世のため人のためになってるんだ、てぇ気になっちまって」

「ふざけるんじゃねえ！」

伝三郎が怒鳴り、竹の棒で土間を激しく叩いた。角太郎が竦み上がった。

「何が世のため人のためだ。盗んだ金を勝手に撒かれて、誰もが喜ぶと思ってんのか。

現に、松下町の金物長屋じゃ、気味が悪いと届け出てきたんだ。お前がやったことは、手前勝手もいいところだ。所詮は盗人だってことを、わきまえろ」

「お……恐れ入りやした」

若気の至りか、間違った正義か。角太郎の気持ちはわからなくもないが、悪事はどうやっても悪事なのだ。

「よし。それで、だ。丹波守様の屋敷でだけ、どうして金以外に脇差を盗んだんだ」

「そりゃあ……床の間に、さも盗んでくれってばかりに置いてあったからでさ」

「他の屋敷に、刀がなかったってわけじゃねえだろう」

「そうですが、立派な袋と一緒に置いてあったのは、あれだけだったんで、きっと値打ちのあるものだろう、と思いやして」

それは、もっともな話だ。伝三郎がさらに聞こうとしたところで、小者が知らせに来た。

「鵜飼様。戸山様がお越しに」

「そうか、すぐ行く。こいつは牢（ろう）へ戻しておけ」

伝三郎は小者に言い置くと、おゆうを促して奥へ行った。

「鵜飼におゆう。こたびは、ご苦労だった」

戸山は、満面の笑みで二人を迎えた。

「村正を取り戻したそうだな。これで儂も、芦部殿に顔が立つ」

「は、恐縮至極です」

伝三郎は、今朝から大番屋に預けてあった村正を、戸山の前に置いた。

「まだ中を確かめてはおりませんが」

「左様か。では、ここで確かめるとしよう」

戸山は小者を呼んで燭台を持って来させてから、手を伸ばして袋を引き寄せ、中から脇差を取り出した。息がかからぬよう懐紙を口にして、ゆっくりと漆塗りの鞘から抜く。見事なまでに鍛えられた刀身が、きらりと光った。戸山は蠟燭の光を刀身に当て、じっと見ている。刃文を確かめているようだ。

（うーん、本物は凄い）

刀剣博物館では写真だけだったが、本物の村正の醸し出す迫力はさすがに……。

（あれ）

刀身を裏返したとき、戸山の顔が曇った。伝三郎も眉間に皺を寄せる。

「いかがなさいましたか」

戸山は脇差を鞘に収め、小さく溜息をついた。そのとき、おゆうは戸山の感じたことを悟った。刃文だ。村正刃なら刃の両側で一致している刃文が、違っていたのだ。

「いい品だが……これは村正ではないな」

戸山は落胆を隠さずに、言った。ちょうどそのときである。廊下から、馴染みのある声が聞こえた。

「おうい、伝さん、こっちか」

伝三郎の同僚、境田左門(さかいださもん)だ。声に続いて、境田の小太りな体と童顔が現れた。

「ああ、ここだったか。おや、これは戸山様」

境田は慌てて廊下に座り、両手をついた。

「いや、構わぬ。どうした」

「は、つい先ほど、奉行所に天祥楼の番頭がまいりまして、一昨日、手に入れたばかりの銘刀を盗まれたと、改めて届け出ました。これは鵜飼の扱っている一件と承知しておりますので、ここまで知らせにまいった次第で」

「天祥楼の番頭が？」

戸山と伝三郎とおゆうは、互いに顔を見合わせた。

九

天祥楼の座敷は、広々としている上に豪華だった。床の間や柱、欄間にも、金箔(きんぱく)の飾りを惜しげもなく使っており、南蛮渡りの調度も置かれていた。江戸一番の料理屋は浅草の八百膳、と誰もが認めるところだが、天祥楼はそことはだいぶ雰囲気が異なる。対抗しようとしているのは、明らかだ。

(勝負するなら、料理の味だけにすればいいものを)

天祥楼の造りは、いささか品を欠く成金趣味に思えた。主人の性向をそのまま体現しているのかもしれない。

「大変お待たせをいたしました。申し訳ございません」

主人の崇善が、しきりに詫びながら入ってきた。

「わざわざお運びをいただきまして、誠に恐縮でございます」

着座して頭を下げ、丁寧に言う崇善は、四十五、六の恰幅のいい男だ。髪には白いものが混じっているが、顔は脂ぎって貪欲そうに見える。高級料亭の主人としては、やはり店の内装と同じく、品位が足りない印象だった。本当に、元は武家の出なんだろうか。

「番頭から、銘刀が盗まれたとの届けがあったが、どんな品だ」

伝三郎がまず問いかけた。

「はい。美濃の兼貞の脇差でございます。値は、七十両ほどで」

おゆうは俄か勉強の知識を懸命に引っ張り出した。たぶん、室町末期から戦国期のものだ。現代でも名前が知られている名工だったはず。半端な品ではない。

「賊が入ったのは、一昨日の夜だろう。どうして昨日のうちに届けなかったんだ」

「申し訳ございません。昨日は少々立て込んでおりまして。脇差の他にも盗られたものがないか、家じゅうを調べましてから、と思い、ついつい遅くなりました次第で」

嘘だな、とおゆうは思った。あの晩、角太郎を取り逃がした後、天祥楼へ事情を聞きに行った源七に現場を調べさせることもできたのに、断っている。何人もが起きて待ち構えていたのだから、盗られたのが脇差だけだったことは、その場でわかっていたはずだ。

「そうか。で、他に盗られたものはなかったんだな」

「はい。兼貞だけでございました」

「どこに置いてあったんだ」

「すぐそちらでございます」

崇善は、伝三郎の後ろにある床の間を指した。何も載っていない漆塗りの刀掛けがあった。

「天祥楼さん、お尋ねいたしますが」

おゆうがここで口を開いた。

「賊が入ったとき、こちらに大勢の方がおられましたね。夜中というのに、あれはどういう方々ですか」

　崇善の眉が、ぴくりと動いた。が、受け答えは平然としていた。

「ご存知でございましたか。はい、実はその、座敷に兼貞を置いておりましたので、用心のために人を雇っておりました」

「それだけのために？　不用心なら、蔵にしまっておけばよろしいでしょう」

「ごもっともです。手に入れたばかりでして、お客様にご披露するため出したままにしておりました」

「ほう。料理屋が刀を披露とはねえ」

　伝三郎が皮肉めいた言い方をすると、崇善は苦笑した。

「はい。分をわきまえぬとお叱りをうけるかもしれませんが、手前は刀に魅入られておりまして……腰にこそ差せませんが、名のある刀匠の手になる、あの鋼(はがね)の妖しい輝き。見ているだけで、昂揚(こうよう)し、吸い込まれそうになる心持ちがいたします。それで、分不相応とは承知しつつ、これはというものを見出すと、手に入れてしまうのです」

　そう話す崇善の目には、陶酔したような光があった。これは本物だな、とおゆうも感じた。刀剣博物館で味わった、ぞくりとするような感覚。それを思い出すと、崇善のような刀マニアの心情は、理解できる気がした。

「それで時折、刀好きのお客様にお集まりいただいて、それぞれ持ち物を披露する会を開いております」

　刀自慢の会か。話に聞いた通りだ。

「どんなお人が集まってるんだ」

「はい。大店の主の方々、帯刀を許された町役の方などですが、御旗本も」

「ここでやるのかい」

「ここでは他のお客様も多くいらっしゃいますので、お集まりいただくときは、押上の寮で。御旗本の御屋敷、ということもございます。無論、特にどなたかお一人にお見せする場合は、こちらでも」

「その御旗本の中に、久松丹波守様はいらっしゃいますか」

　おゆうの突然の問いかけに、崇善は一瞬、はっとしたように見えた。

「さて……会ごとにお集まりの顔ぶれは変わりますので。常にお越しの方はいらっしゃいますが、その中に丹波守様はおられません」

　返ってきたのは、曖昧な答えだった。一度くらいは来ているかもしれないが、定かでない、ということか。用人の芦部が言っていた、村正を披露する予定の会合には、天祥楼は入っていなかったのだろうか。

「御刀の会は、御大名家でもやっておられると聞きますので、そちらの方では」

「そうか。まあ、それはいい。ところで、お前はどれくらい刀を持っているんだ」

「はい、脇差を四振りと……長刀も二振り」

「長刀も持っているのか」

「はい。手入れして眺めるだけではございますが」

　やはり、町人としては結構な刀マニアのようだ。

　念のため、と称して、おゆうと伝三郎は崇善の秘蔵する刀を見せてもらった。刀を検めるのは作法を知っている伝三郎に任せ、おゆうは少し下がって見るだけにした。それでも、なかなかの銘刀揃いだということはよくわかった。国光（くにみつ）、康国（やすくに）など、俄か勉強で知った銘もあった。価値はおそらく、全部で五、六百両ほどになるだろう。

「村正は、ないんですか」

　おゆうは敢えて聞いてみた。崇善は、さも当然のように「ございません」と答えた。

　その後、角太郎が侵入した天井などを確認して、一応の調べを終えた。

「一昨日、お前が用心に雇っていたのは、どこの誰だい」

　帰り際に、そうそう忘れていた、といった風に伝三郎が聞いた。崇善は、僅かに口（くち）籠（ごも）ってから言った。

「はい……小柴の鬼六というお人で。今までにも何度か、頼みごとをしております」

「小柴の鬼六ねえ。あんまり評判のいい奴じゃあねえな」

　そう言いながら、じろりと睨む。崇善は慌てた様子で、懐から紙包みを出して伝三郎の袂に突っ込んだ。

「本日は、御役目ご苦労様でございました」

「おう。盗られた脇差だが、大番屋で預かってる。明日か明後日にでも受け取りに来な」

「はい、ありがとうございます」

崇善は、ほっとした顔になって二人を丁重に送り出した。


「あいつ、二分寄越しやがったな」

伝三郎は、紙包みの手触りを確かめて言った。

「お前は貰わなかったのか」

「ええ。何だか、あの人から貰うのは嫌な感じがして」

崇善はおゆうにも付け届けを渡そうとしかけたが、気付かぬふりをしてすり抜けたのだ。

「そうか。鬼六の名前が出た途端に慌てやがったからな。後ろ暗いのは間違いねえ」

「角太郎が村正を狙ってくると承知で、別物を置いて鬼六たちに待ち伏せさせてたんですね」

「ああ。あの脇差を入れてあった袋は、例の村正の袋とそっくりのようだからな。わざわざそんなものを用意してるとなると、崇善が村正を持ってると見て間違いはねえ」

「でも、どういう経緯で村正が崇善の手に入ったんでしょう。小橋さんから奪ったんでしょうか」

「だとしても、何で小橋さんが間に入ってるのか、そいつがまだ見えてこねえ。角太郎が村正を盗んでから、崇善が手に入れるまでに、いったい何があったんだ」

そこがこの事件の一番重要な部分だな、とおゆうも考えていた。

「ところで鵜飼様、崇善の脇差ですけど」

「うん。あれがどうした」

「返す前に、もう一度じっくり調べてみたいんですが」

「ああ、そうか。構わねえぜ。宇田川先生にも見てもらうのか」

「ええ、そのつもりです」

手元にある手掛かりは、まだ少ない。できることは、徹底的にやっておきたかった。

脇差を持って橘町の家に行くと、宇田川は店じまいを始めていた。

「何？ もう帰り支度なの」

おゆうが少しばかり残念そうに言うと、宇田川はいつも通り愛想抜きで応じた。

「あんたが追ってたのは鼠小僧とは別物だったとわかったからな。こっちで調べたいことは済んだ」

　宇田川にとってはそうかもしれないが、事件自体はまだ解決していない。長居し過ぎてボロを出されても困るが、あっさりと割り切られるのも面白くなかった。

「村正を捜す方も、もうちょっと手伝ってよ。はいこれ」

　おゆうは畳に座って、脇差を袋ごと差し出した。

「角太郎が隠し持ってたやつか。こいつを検査しろと」

「そういうこと。天祥楼に返さないといけないから、気を付けて扱ってよ。これだって、村正に劣らないくらいの銘刀なんだから」

「刃のサンプル検査は駄目か」

「駄目だって。刀の刃より、袋とか鞘とか柄とか、そっち重点に」

「ふむ。つまり、微細な遺留証拠がないか確認したいんだな」

「イエス。明日までにお願い」

「明日まで？」

　宇田川は顔を顰めたが、少し考えて承諾した。

「いいだろう。電力が要るな。東京のあんたの家でやった方がよさそうだ」

　我が家の電気代、どうなっちゃうんだろう。

大番屋に取って返すと、角太郎が牢から引き出されていた。昨日の取り調べの続きだ。

「ようし角太郎。お前にゃ、まだ聞きたいことが一杯ある。正直に答えろよ」

伝三郎に正面から睨み据えられ、角太郎は小さく「へえ」と言った。

「お前、久松丹波守様の御屋敷から盗んだ村正、その後どうした」

「村正？　あの脇差のことですかい」

角太郎は、脇差が村正だと知らなかったのか。

「そうだ。そいつをどうしたんだ」

「いや、だからそいつは天祥楼で……」

伝三郎が、割れ竹で土間を打った。

「お前が盗んだ脇差が、どうして天祥楼にあると思ったのかを聞いてんだよ！」

「そ、そいつは」

角太郎が口籠る。

「角太郎、あんたあの脇差を、小橋さんに取り上げられたのかい」

おゆうが横から言うと、角太郎は目を剝いた。

「何だよそりゃ。どうして小橋さんが」

「一度は小橋さんがあの脇差を持って、また奪われたってことはわかってるんだ。あんた、小橋さんに取られた脇差を取り返して、天祥楼に売ったのかい」

「何で俺がそんな、ややこしいことを」

「あんた、小橋さんを殺したの」

「じょっ、冗談じゃねえ！」

角太郎は真っ赤になった。

「小橋さんを殺ったのァ、小柴の鬼六だ。天祥楼に雇われたんだ。だから俺は、取り返しに……」

おゆうはニヤリとした。

「はいはい、だからそういうことを正直に言えばいいのよ」

「畜生め」

角太郎は悪態をついたものの、仕方ないとばかりに大きく息を吐いた。

「あんたの言う通り、小橋さんに盗んだ脇差を取り上げられたんだ。小橋さんの長屋に金を撒いたせいで、却ってばれちまったのさ」

金を投げ込まれた小橋は、角太郎が春江に惚れていること、借金のことをいたく心配していたことを知っており、鳶職という技能を持つことも考え合わせ、もしやと思って角太郎の長屋を訪ねたらしい。角太郎は仕事に出て留守だったが、その間に長屋に隠していた脇差を見つけられてしまった。

「それで小橋さんに、どういうことだって責められてよ……」

「全部吐いちまったのね」

「ああ。えらく叱られたよ」

角太郎は、脇差を崇善に売るつもりだった。崇善なら盗品でも買うらしいと小耳に挟んでいたのだ。そこで、崇善のところに出入りしている小柴の鬼六に、繋ぎを付けた。

「鬼六の野郎、口は利いてやる。取り分は二割だって言いやがる。で、脇差を見せて五十両、って言ってやったんだ」

鬼六は脇差を検めて、すぐ同意したそうだ。五十両は大金だが、最上級の村正の値としてはだいぶ安い。鬼六に刀を見る目があったか、柄の久松家の家紋でそれと気付いたか、二つ返事で五十両を承知したなら、村正と見抜いたのだろう。

「金と引き換えで脇差を渡す、ってことにして、一旦別れた。そしたら、小橋さんに見つかっちまって、全部ご破算だ。盗品を売るなんてとんでもねえ、自分が久松家に返すからと言って、脇差を」

「それじゃあ鬼六は、脇差を返す前に横取りしようとして、小橋さんを殺したってぇのか」

伝三郎が言うと、角太郎は上目遣いに頷いた。

「ああ。俺はそう思いまさぁ」

「で、お前は二助って奴を使って、天祥楼を見張らせてたんだな」

「へい。鬼六がそれらしいものを持ち込んだって聞いて、忍び込んだんだが、奴ら待ち伏せてやがった。まあ、鼻を明かしてやりやしたがね」

　せせら笑った後、おゆうの方を向いた。

「ところがだ。長屋に脇差を持って帰って、また見つかっちゃいけねえと思ったんで、池之端に空家を用意したんだが、逆にこの姐さんに見つかっちまった。うまくいかねえもんでさァ」

「えっ」

「だが生憎だったな。お前が天祥楼から盗んだのは、あの脇差じゃねえ。別物だ」

　さすがに、これには驚かされたようだ。角太郎は、しばし呆然（ぼうぜん）としていた。


「さて、おゆう。どう思う」

　角太郎を牢へ戻した後で、伝三郎が言った。

「まだわからないことが多いですね」

「そうだな」

　伝三郎も、消化不良のような顔をしている。

「小橋さんが殺されたのは、神田明神裏。丹波守様の御屋敷へ村正を返しに行くには、方角が違いますね」

「ああ。前にお前が言ったように、天祥楼への行き帰りの途中ってぇならわかるが」

「もしかして、鬼六たちにおびき出されたんでしょうか」

「ふむ。どうやって」

「例えば、脇差を渡さないと春江さんに危害を加える、と脅したとか」

「そうか。ないとは言えんな。だが、鬼六は小橋さんが脇差を取り上げたことを、どうやって知ったんだ」

「取引を持ちかけられてから、角太郎をずっと見張っていたのかもしれません」

角太郎の長屋を見張るぐらいは、難しくないだろう。小橋が角太郎を問い詰めるところも、聞かれていたのではないか。

「で、呼び出した小橋さんから脇差を奪い、口を封じたか。それなら、筋が通るな」

伝三郎は、考え考え、しきりに頷いている。

「もしかすると、崇善は刀自慢の会で見たか聞いたかで、丹波守様の村正に、目を付けていたのかもな。で、その村正が目の前に現れたので、どんな手段を使っても欲しくなった、とも考えられる」

「はい。いずれにせよ、大掛かりな待ち伏せまで仕掛けたのですから、この一件の指図をしているのは崇善ですね」

おゆうは、脂ぎった崇善の顔を思い浮かべた。いかにも何か企んでいそうだ。

「天祥楼の蔵で私たちに見せたもの以外に、盗品を買い付けたものを何本も、隠しているかもしれません」

伝三郎も、にんまりとする。

「あいつは、叩けば叩くほど埃が出そうだ。楽しみだぜ」

そこへ、小者が声をかけてきた。

「あのう、昨日お縄になった角太郎という男について聞きたいと、武家らしい若い娘が来ておりますが、どういたしましょう」


座敷に通された春江は、すっかり青ざめていた。父が殺されたうえに、角太郎が逮捕されたのだ。そのショックは、想像するに余りある。

「まあ、座んなさい」

伝三郎が、小上がりのようになっている座敷を指した。伝三郎とおゆうが先に座ると、春江も遠慮がちに畳に上がった。

「無理にお調べのお邪魔をいたしまして、申し訳ございません」

春江が、両手をついた。わずか二、三日で、やつれたな、とおゆうは眉を顰める。

「角太郎のことかい」

　顔を上げた春江に、伝三郎が問うた。春江がまた俯き加減になる。

「はい。盗みを働いた、と聞きました」

「ああ。ただの盗みじゃねえ。御大名や御旗本の屋敷に忍び込んで、金を奪った。こいつは、御上の御威光に泥を塗るようなやり口だ」

　その言葉に、春江は怯(おび)えたような目をした。その春江に、伝三郎が敢えて追い討ちをかけるように言う。

「あんた、長屋に金を撒いたのが角太郎だと、薄々気が付いてたんじゃねえのかい」

　春江の肩が、びくっと震えた。ここでおゆうが、前に出た。

「春江さん、あなたは角太郎に、借金のことを話したんですね」

　春江は肩を震わせたが、こくりと頷いた。

「私が気を落としていたので、どうしたのかと。困ったことがあるなら、どんな小さなことでも言ってほしい。自分も貧乏だが、何かできることはある。そのように言って下さいました。それで……預かり物を汚したこと、そのせいで借金をして、もうすぐ期限が来ることをお話ししてしまったんです」

「角太郎は、あなたたちを助けようとしたんですね」

　おゆうは頷きながら言った。角太郎自身の供述と、一致している。

「角太郎があんたの長屋に投げ込んだ金は、岩舟藩上屋敷から盗んだものだ。それは、知っていたかい」

　伝三郎の問いかけに、春江は驚きはしなかった。

「ああ、やっぱり……。角太郎さんは、父が藩を追われたことも知っていましたから、あの人ならそういうことをするんじゃないかと……」

　春江は、そう話しながら涙を浮かべた。そして、再び畳に手をつき、畳に額をこすりつけんばかりにして、声を震わせた。

「お願いでございます。角太郎さんを、重い罪には問わないで下さいまし。あの人は、私と父のためにあのような盗みを……決して、自ら悪事に走るような人では……」

　さすがにこの様子を見て、おゆうも気の毒になった。ちらりと伝三郎の顔を見る。伝三郎の顔は、厳しいものだった。

「春江さん、頭を上げなさい」

　春江は目頭を押さえながら、ゆっくり体を起こした。

「あんたの気持ちはわかる。自分のせいだと言いたいのも、わかる。だがな、角太郎は盗みをそれだけで終わらせなかった。味をしめちまったんだ。岩舟藩の屋敷以外に、奴は少なくとも三軒に押し入っている。そのうち一軒では、家宝の脇差を盗んで売り飛ばそうとしたんだ」

「そんな……角太郎さんが」

　春江は、色を失った。

「その償いは、させなきゃならねえ。御父上を亡くしたばかりであんたも辛いだろうが、奴のことは早く忘れちまうんだ。そうしないと、いつまでも水底から浮き上がれねえ」

　伝三郎が諭すように言った。春江は俯き、神妙に聞いていたが、やがてその場に泣き崩れた。


「まいったな。見てられねえや」

　伝三郎はおゆうと共に、奥の廊下に出た。春江の姿に、これ以上かける言葉もないようだ。

「春江さんの方も、角太郎を憎からず思ってたんですねえ」

「そのようだな。それだけに、あいつは許せねえ。最初は人助けだったかもしれねえが、ただの盗人に成り下がりやがって」

　伝三郎は、憤然として言った。それはおゆうも同じだ。角太郎は、自己満足に走って、結果的に春江の気持ちを踏みにじったことになる。

（ほんっとに、大馬鹿だわ、あいつは）

一発くらい蹴飛ばしてやろうか、と思ったとき、伝三郎に肩を叩かれた。

「済まねえが、春江さんを送ってやってくれるか」

「はい。もちろんです」

おゆうは襖の隙間から、春江の様子を窺った。まだ座ったまま、嗚咽（おえつ）を漏らしている。何と声をかけようか、とおゆうは胸を痛めた。

十

次の日の夕方、外回りから帰ってきたおゆうが座敷で一服しているとき、押入れでごそごそと音がした。ははあ、と思って襖を開けてみると、右手に例の脇差の袋を持った宇田川が、苦労しながら這い出してくるところだった。

「あらお帰り。いや、いらっしゃい、か。どうやらそいつの調査、終わったみたいね」

「ああ、まあな」

宇田川は、やれやれと息を吐くと、座敷にどっかりと胡坐をかいた。

「どうもこの出入り口、狭くてかなわん」

「それぐらい我慢して。ドラえもんなんか、あの大きさで机の引き出しから出てきたんだから。で、何か出た？」

宇田川は、僅かに口元を歪めた。この男なりのドヤ顔だ。

「こいつを見ろ」

懐から、数枚の紙を出した。手に取って見ると、画像が印刷されている。だが、何なのかはよくわからない。

「何よこれ。太い格子にカビみたいなものが写ってるけど」

「それは、この脇差の袋の表を百倍に拡大したものだ」

ああ、そうか。この格子は、袋の繊維か。では、カビみたいなものは。

「その粒子だが、蕎麦粉だった」

「蕎麦粉って……これに水を混ぜてこねたら、美味しいお蕎麦になるとか？」

「美味しいかどうか知らんが、蕎麦にはなるな」

「はあ。どうしてそんなもんが」

「知るか。何度も言うが、それを考えるのはそっちの仕事だろ」

しかし蕎麦粉は、どこにでも置いてあるものではない。

「蕎麦粉の中に突っ込んだとか、蕎麦屋の厨房(ちゅうぼう)に置かれていたとか、かな」

言ってはみたものの、ちょっとそれは考え難い。宇田川も、かぶりを振った。

「粒子はかなり細かいし、付着していたのはごく少量だ。手から移った、と見た方がいい」

「手から？　てことは、共犯者に蕎麦屋が」

「だからそう決めつけるなって。判明したのは、蕎麦粉を手に付けた奴がこの袋を持ったらしい、ということだけだ」

正論だ。今のところ、可能性のある範囲はだいぶ広い。

「それともう一つ。丹波守とかの屋敷の屋根裏と、池之端の小屋で見つけた髪の毛だが、角太郎の髪の毛と、ＤＮＡが一致した」

「あ、ありがとう。角太郎の髪の毛、いつ手に入れたの」

「池之端で奴を押さえたとき、肩に落ちたのを拾っておいた」

宇田川も、やることはやってくれているのだ。新しい事実というわけではないが、角太郎の自供の裏付けにはなる。ただし無論、御白州には出せない。

「さてと。じゃあ、脇差は返したから、引き上げるぞ」

「あれ？　帰っちゃうの」

「明日はまた、ラボに出る。ちょっと片付ける分析がある」

そうだった。つい甘えているが、宇田川にも仕事があるのだ。

「わかった。ごめんね、面倒かけて」

「一段落したらまた来る」

軽くそう言って、宇田川は押入れの向こうに姿を消した。

翌朝、崇善の脇差を大番屋へ返しに行くと、伝三郎が迎えてくれた。脇差の調査結果を待っていたようだ。ちょうど源七も来ていた。

「鵜飼様、源七親分。おはようございます」

「おう。どうだった、そいつは」

伝三郎が早速、脇差の袋を指差して言った。おゆうは頷いて、持って来た虫眼鏡と一緒に袋を差し出す。

「ちょっと思いがけないものが。余程よく見ないとわからないんですが、蕎麦粉が付いているみたいなんです」

「蕎麦粉だと？」

脇差を受け取った伝三郎は、袋を仔細(しさい)に眺めた。

「よくわからんが……あ、もしかして、これか」

伝三郎は目を細めて、袋の口に近い一か所を指で示した。虫眼鏡でやっとわかる程度の微粒子が、そこにある。

「ああ、はい、それです」

「こんな小さな埃みたいなもんが、どうして蕎麦粉とわかるんだ」

「ええとそれは、宇田川先生が虫眼鏡で詳しく見て、おそらく蕎麦粉に違いないと……」

苦しい説明だ。伝三郎は怪訝な顔をしていたが、「先生がそう言うんなら、そうなんだろう」と言って、脇差を片手に立ち上がった。奥へ戻しに行くようだ。

伝三郎が引っ込んでから、源七が顔を寄せてきた。

「おゆうさん、この一件じゃ、千住の先生にだいぶ頑張ってもらってるじゃねえか」

源七は、千住の先生、という部分を強調して、ニヤニヤ笑っている。

「あの先生もなかなか男ぶりは悪くねえからな。鵜飼の旦那は、だいぶやきもきしてんじゃねえのかい」

「もう。止してくださいよ」

おゆうは源七の腕を叩いた。おゆうは巷では伝三郎の女、ということになっているから、浮気とでも思われたら、大変だ。

伝三郎は、すぐに戻ってきた。

「昨日、天祥楼の番頭が脇差を受け取りに来たんだが、小者に俺が留守でわからんから出直すように、と言わせておいた。まあ、不審に思うことはあるまい」

「済みません。ご厄介をおかけしました」

そこでふと、源七が天祥楼の周りを探っていたのを思い出した。

「ねえ源七親分、天祥楼か鬼六の周りに蕎麦粉を扱ってる人って、いますか」

源七は、ちょっと首を傾げる。

「天祥楼は料理屋だからな。蕎麦は出してるぜ。うどんも素麺もな」

「え、あんな上等の料理屋で、蕎麦ですか」

現代の和食料理屋が、締めに蕎麦を出すことはある。しかし江戸の高級料亭では、ミシュランの星付きのフレンチレストランでフライドポテトを出すくらい、似つかわしくないと思うが。

「もちろん、そんじょそこらの蕎麦や素麺じゃねえ。選りすぐった蕎麦粉に、季節の菜を練り込んだり、金粉をまぶしたり、紅色の素麺を出したりだ。いろいろと工夫してるらしい。食ったことはねえがな」

いわゆる変わり麺か。コースの途中か終わりにアクセントで供するのだろう。それならば、わかる。

「しかし、料理人が脇差に触れることはあるめえ」

「ええ。思い返してみても、あの脇差の袋を持ったことがわかっているのは、私たちを除けば崇善と角太郎と、鬼六ですが」

「崇善は自分で板場には立たねえ。かと言って、鬼六が蕎麦を打つとも思えねえし……」

源七は腕組みして、思案している。

「おう源七、それなら天祥楼に蕎麦粉を入れてる粉屋を、ちょいと当たってみてくれ」

伝三郎が脇から言ってくれた。

「承知しやした。そんなに手間はかからねえでしょう」

源七は、膝を打って立ち上がった。源七なら、すぐ調べあげてくれるだろう。おゆうは、お手間おかけします、とにこやかに礼を言った。

「あの、鵜飼様。実は、ちょっとまた丹波守様のところで話を聞いてみたいんですが」

源七が出て行った後、伝三郎に声をかけてみた。伝三郎はすぐに応じた。

「そうか。また何か思い付いたか」

「いえ、思い付いたってわけじゃないんですけど、やっぱり確かめておきたくて」

「よし。まだ昼四ツ（午前十時）だ。これから行ってみようじゃねえか」

事件の展開が速まりつつあるのを、肌で感じているのだろう。言うなり、伝三郎は戸口に向かった。


前触れもなく訪れたのだが、幸い芦部は在席していた。調べではなく挨拶に伺った、と告げると、二人とも快く奥へ通された。

「おお、両名ともご苦労じゃな。我が屋敷に忍び込んだ賊は、捕らえたと聞いた。さすがに見事である」

芦部はまず、労いの言葉をかけた。機嫌は、悪くなさそうだ。

「は、恐れ入ります。しかしながら、村正の行方については未だ」

「承知しておる。しかし、そなたらであれば期待に違うようなことはないと、戸山殿から聞いておるゆえ」

おやおや、戸山様もずいぶんとプレッシャーをかけてくれる。伝三郎の顔にも、僅かに苦笑が浮かんだ。

「粉骨砕身いたしまする。それにつきまして、このおゆうよりお伺いいたしたきことが」

伝三郎は芦部に断って、おゆうに目配せした。おゆうは一礼し、少し膝を進める。

「うむ、女ながら凄腕の十手持ちと聞く。構わぬ、申せ」

「はい。村正をお出しになるはずでした、刀のご披露の会のことでございます」

「ああ、そのことか。何じゃな」

「どなたがおいでになりましたのでしょう」

「旗本では、宮本勘右衛門殿、中塚大膳殿。大店では、太物商いの小諸屋甚兵衛殿、材木商の木曽屋新伍郎殿、刀剣商として芝の金木屋藤兵衛殿。それから、此度は主賓として、下野岩舟一万二千石の大山兵庫頭様がお越しになった」

「え、大山兵庫頭様が」

思わず声を出してしまった。伝三郎が一瞬、渋い顔をしたが、遅かった。

「兵庫頭様が、どうかしたかな」

当然の如く、芦部が聞いてくる。おゆうは伝三郎をちらりと見た。仕方ねえな、と目で答えが返ってきた。

「実は、兵庫頭様の御屋敷にも、同じ賊が入りましたので」

「何と」

芦部が目を丸くする。

「もしや、刀自慢の会に出られた方々の屋敷を、順に狙ったのではあるまいな」

「いいえ、それ以外に賊が入った御屋敷の方は、刀の会とは関わりございません」

伝三郎が急いで言った。

「それに、御刀が盗まれたのはこちらの御屋敷だけで、後はお金ばかりでございます」

おゆうも付け足した。芦部は複雑な顔になった。

「左様か。ではやはり、たまたま村正を座敷に出しておいたのが不用心だった、ということか」

落胆気味の芦部に、おゆうは質問を続けた。

「ご当家の御殿様が出られる会は、いつも同じ方々がお集まりですか」

「いや、そうとは限らぬ。刀自慢の会は他にもあって、殿に限らず皆、いろいろな会に出ておる」

どうやら複数のサークルがあって、会合のメンバーは相互に重複しているらしい。

「天祥楼の崇善様に、どれかの会でお会いになったことは、ございますか」

「あの料理屋の天祥楼か。うむ、去年確か一度、会うたことがある。そのときはさる大店の寮で催されたのじゃが、会の仕切りは崇善殿で、料理の仕出しも天祥楼がやっておったから、覚えておる」

やはり、接点があった。崇善は記憶にないと言っていたが、去年のことなら覚えていそうなものだ。知っていて、隠したか。

「そちらの会なら、兵庫頭様と小諸屋殿が度々出ておられると聞き及ぶ。此度、こちらの会に兵庫頭様が来られたのも、確か小諸屋殿の誘いによるものじゃ」

なるほど。いろいろと繋がってくるものだ。この様子なら、久松家に村正があることは、崇善の耳にも入っていただろう。

「天祥楼が、何か関わっておるのか」

芦部の顔が、厳しくなった。

「まだしかとはわかりませんが、関わりがあるやもしれませぬ」

伝三郎が言うと、芦部は得心したように頷いた。

「天祥楼の崇善殿については、いささか聞くところがある。気に入った刀なら、盗品でも平気で買いあさる、との噂じゃ。それで、一度会うただけで近付かぬようにしていた」

「賢明でございます。町方でもその噂、耳にしております。ただし、証しはございません」

「うむ。ようわかった」

芦部の顔色からすると、天祥楼が村正を買い取るのではという疑惑を持ったようだ。伝三郎もおゆうも、敢えて否定はしなかった。


武家屋敷が軒を連ねる中、神田川へと歩きながら、おゆうは聞いてみた。

「どうでしょう。やはり崇善は、村正を手に入れたくて小橋さんを襲わせたんでしょうか」

「今までのところ、そう見るのが一番筋が通るな」

伝三郎も、考えはほぼ固まっているようだ。

「刀自慢の会で、丹波守様の村正がどのぐらいの品か、だいたいは聞き知ってたんだろうな。千子村正の逸品だ。なかなか出回らねえもので、どうしても欲しいとなりゃ、な」

村正を手にするためなら、少々の金は出すだろう。それでも、殺しまでするだろうか。

（そうしないと手に入らない、というなら、やるかもしれないなぁ）

小橋は、角太郎から取り上げた村正を久松家に返そうとしていた。ならば、崇善から千金を積まれても渡しはすまい。

「小橋さんは崇善に呼び出され、大金で村正を買うという話を持ちかけられたけど断った。それで帰り道に襲われた。そういうことでしょうか」

「うむ。それなら、殺されたのが神田明神裏だったことに合点がいく」

伝三郎は顎を撫で、しばらく黙って考えてから、きっぱり言った。

「よし。調べを崇善に絞ろう。奴がいろいろと隠しているのは間違いねえ。うまくすりゃ、盗品の買い上げで引っ張って、締め上げることができるかも、だ」

「はい、承知しました」

おゆうは気合を入れるように、帯の十手を叩いた。

第四章　刀は呪わず

十一

自身で言った通り、源七の調べは長くはかからなかった。その日の夕刻、おゆうが家で伝三郎と差し向かいの一杯を楽しんでいるとき、源七がやって来たのだ。

「お邪魔してすいやせん。例の蕎麦粉の話で」

確かにお邪魔。報告は明日朝でいいのに、と思ったが、伝三郎が「まあ上がれ」と言うから仕方がない。源七の銚子と盃も用意して、出してやった。

「こいつは有難えや」

駆けつけ三杯を呷(あお)ってから、源七は話を始めた。

「天祥楼に蕎麦粉を納めてるのは、仙五郎(せんごろう)って奴です。もちろん天祥楼だけじゃなく、十軒ほどの蕎麦屋やうどん屋、小料理屋とも取引があるんですが、蕎麦粉は極上だって評判で」

「どこに店があるんだ」

「浅草橋場町(はしばちょう)の奥の方、大川べりに粉挽き(こなひ)小屋がありやす。水車で粉を挽くやつで」

「そこに住んでるのか」

「へい。すぐ傍に家があるそうで。舟で運んで来た蕎麦の実や麦を、そこで挽いて粉にして、また舟に積んで出すんでさぁ。人足を三、四人雇ってるようですが」

「ふうん。で、何か怪しいところがあるのか」

源七がニヤリとする。

「へへ、ここからが胆なんで」

「もしかして、鬼六が絡んでるんですか」

銚子のお代わりを出しながらおゆうが聞くと、源七は得たりと膝を打った。

「それよ。この仙五郎って奴は、腕も商いも悪くねえんだが、どうもこっちがね」

源七は小指を立てた。

「女好きなのか」

「何せ、吉原が近いですからね。すっかり入れあげて、借金を作っちまった。蕎麦粉の納め先で一番金持ちなのは、もちろん崇善です。で、金を借りたいと持ちかけた」

「ははあ。首根っこを掴まれたな」

「そういうことで。しかもその粉挽き小屋、御上のお許しが出る前に、勝手に作っちまったらしいんですよ」

大川にそういう設備を設けるなら、河川管理者である御上の許可が要る。だが、許認可事項の常で、時間がかかる。仙五郎は待ち切れず、無許可のまま設置したらしい。

「どうも付け届けでお目こぼしを貰ってたようですが、崇善はそこにもつけ込んだわけで、今じゃ鬼六の身内が、仙五郎の小屋に出入りしてるらしいです」

「待て待て。仙五郎が崇善の言いなりになってるのはいいとして、鬼六は粉挽き小屋なんかで何をやってるんだ」

「さあ、そいつがまだわからねえんで」

源七は頭を掻いた。

「なんだ、知りてえのはそこだぜ」

伝三郎は、しょうがねえなと苦笑し、盃を続けて干した。

「じゃあ明日、川涼みに行ってきましょうかねえ」

笑みを浮かべると、伝三郎と源七がおゆうの方を向いた。

「粉挽き小屋を探りに行くってか。まあ、いいが……鬼六がうろついてるなら、充分気を付けろよ」

いかにも岡っ引き然とした源七が出向くよりは、おゆうの方がいいだろう。それでも伝三郎は、心配そうだ。

「おい源七、千太か藤吉を見張りに付けてやれ」

「承知しやした。千太を行かせやしょう」

「じゃあ、少し離れたところから、目立たないように、ってことで」

おゆうは、よろしく、と源七にもう一杯注いだ。

翌日は、朝からいい天気だった。川べりを散歩するには、もってこいだ。おゆうの家から橋場町までは、一里と十町余り。ゆっくり歩いても、一刻はかからない。浅草寺（せんそうじ）を過ぎ、今戸（いまど）を越え、酒井雅楽頭（さかいうたのかみ）の屋敷の先で、大川の堤に出た。涼やかな川風が、顔を撫でていく。気持ちのいい散歩道、という趣だ。伝三郎と一緒に歩けたらいいのに、と思うが、今は半町ほど後ろからついてくる千太が道連れだ。

左に田んぼ、右に大川の流れを見ながらしばらく行ったところで、水車が見えた。大川はその先の方で、ぐっと左に大きく曲がっている。そこを曲がれば、現代なら正面に常磐線（じょうばん）の鉄橋が見える辺りだ。

近所の百姓らしい通行人が二、三見える以外、人影はない。水車は回っているが、小屋に人がいるのかどうかはわからなかった。水車小屋の手前には、やや大きめの小屋がある。堤から川原の方へせり出して立っており、川原に柱を立てて支える高床式だ。床は堤よりは低い位置にあり、床下から梯子のような木の階段が、川原に下りている。たぶん、あの下に舟をつけて荷積みを行うのだろう。高床の小屋は、倉庫に違いない。

近付いてみると、少し妙な感じがした。粉挽き小屋より、倉庫の方が明らかに頑丈に作られているようだ。粉挽き小屋の羽目板には隙間があるのに、倉庫の羽目板はきっちり組み上げられて隙がなかった。板もこっちの方が分厚そうだ。

（蕎麦粉や小麦粉を置いておく倉庫にしちゃ、厳重だなあ）

倉庫の前まで来て、戸口を見ると、大型の錠前がぶら下がっていた。これまた、随分厳重だ。ただし、今は鍵がかかっていない。おゆうはそれを確認して、粉挽き小屋の方へ回った。

「済みません。仙五郎さん、いますか」

戸口に立って、声をかけてみる。答えはなかった。脇に寄って、板壁の隙間から中を覗いた。薄暗いせいもあって、何も見えない。水車が回す石臼（いしうす）の音だけが、低く響いている。

（臼が回ってるなら、操業中よね。人がいないってことは、ないはずだけど）

さらに耳を澄ますが、人の動く音や話し声は聞こえなかった。

ふと、後ろの方で何か音がしたように思った。振り向いて、歩いて来た堤の道を見渡したが、何も見えない。千太の姿も、なかった。どこに姿を隠したのだろう。気のせいか、と思って小屋に注意を戻した。そっと戸を開けて、首を突っ込んだが、やはり粉挽き場は無人だった。仙五郎と人足はどこへ行ったのか、と考えながら、倉庫の方へ行ってみる。引き戸を試すと、滑らかに動いた。

「誰かいませんか」

中に向かって呼ばわったが、何の物音もしない。こちらもやはり無人のようだ。

「勝手にお邪魔しますよ」

独りで呟いて、おゆうは倉庫に足を踏み入れた。蕎麦の香りが、鼻をついた。

（蕎麦粉の袋、だよね、これは）

両側の棚に積んである布袋を検めてみた。口は縛られているが、棚に散った粉は間違いなく蕎麦粉だ。壁の上の方には採光と換気のための細い窓がある。そこからの光で見る限り、ここには蕎麦粉の袋以外、何もなかった。

ふと見ると、床に四角い蓋がある。閂（かんぬき）がかけられるようになっていた。

（何だ、これ）

おゆうは閂を外して、蓋を持ち上げた。その下に狭い階段があり、倉庫の下層に下りられる造りだ。

（へえ、二階建ての倉庫だったのか）

それで、外から見た床の位置が、堤より下にあったのか。だが、こんな面倒な構造にする必要があったのだろうか。おゆうはそっと階段を下りてみた。

下層階には、窓がなかった。蓋を閉めると真っ暗になるので開けたままにし、中を見渡す。上層階より天井はだいぶ低いので、前屈みになった。やはり両側の棚に、蕎麦粉の袋が積まれている。半分はうどん粉、つまり小麦粉のようだ。床には、もう一つ蓋があった。さっき外から見えた、川原に下りる階段の入口だろう。ざっと見たところ、何も異状はないように見えるが。

（待てよ。蕎麦粉の袋にしちゃ、ちょっと大きいんじゃない）

一抱えほどありそうな袋だった。工場で使うわけではないのだから、蕎麦屋やうどん屋に納品するならもっと小分けした袋でいいだろうに。

（あれ？　こっちは小さいな）

並んでいる袋をよく見ると、大きさはまちまちだった。注文に合わせているのだろうか。

しばし考えて、大きい袋の口を開けてみた。蕎麦粉が床にこぼれ出る。食べ物を粗末にするな、と言われそうだが、仕方がない。おゆうは袂から念のために持ってきたペンライトを出し、中を調べた。

ただの蕎麦粉だった。おゆうは袋の口を縛り直して閉じた。床の真ん中に立ち、袋に順番にペンライトを当てていく。

四つ目で、手を止めた。その袋の口の下には、こぼれた蕎麦粉が積もっていた。まるで掻きだしたみたいだ。おゆうはその袋に近付き、口を縛った紐をほどいて、蕎麦粉の中に手を入れてみた。

何かに当たった。それを摑んで、引っ張り出す。蕎麦粉が床にどっと落ちた。

（あらあら、これは何）

顔を出したのは、油紙の包みだった。長細いもののようだ。おゆうはそれを引き出した。
（ビンゴ）
おゆうはその包みをペンライトで検めた。長さは思っていたものとぴったり。床に置いて、早速油紙を開く。包まれていたのは、紫に金糸をあしらった袋。中を覗くと、立派な拵えが目に入った。間違いない。あの村正の脇差だ。

（こんなところに隠していたのか）

油紙に包んだのは、蕎麦粉が入り込んだり湿気が移ったりしないようにするためだ。おそらく、崇善は仙五郎を脅して倉庫を建てさせ、盗品の刀などを買ったときには、目立たぬよう一旦ここに隠しているのだろう。

（村正は確保した。伝三郎に知らせて、ここを家宅捜索させなきゃ）

おゆうはペンライトをしまい、村正の袋を持って急いで階段を上ろうとした。半ばまで上がったとき、いきなり上から足が出て、蹴飛ばされた。

「わっ」

そのまま、床に転がった。高さはさほどなかったので、怪我（けが）はしなかったが、衝撃でしばらく動けなかった。

「馬鹿な女だ。思惑通りに嵌（はま）りやがって」

　そんな声がして、数人の男が順に下りてきた。一人が手燭を持っている。一人がおゆうに近付き、村正を取り上げ、腕を摑んで乱暴に引っ張った。

「あの女岡っ引きか。なるほど、噂通りいい女じゃねえか」

　眉の濃い、角張った顔の男が下卑た笑い声をあげた。こいつが鬼六に違いない。

「ここを見つけたまでは良かったが、ちいっと知恵が足りなかったな」

「この小屋、隠し場所に使ってたのね」

　睨みつけてやると、鬼六はまた笑った。

「そうともさ。昨日、岡っ引きがいろいろ嗅ぎ回ってたからな。おっつけここへ来るだろうと思って、隠れて待ってたのさ。そうしたら、来たのはあの鬼瓦みてえな岡っ引きじゃなく、こんな艶っぽい女ときた。俺たちゃ、ついてるらしいぜ」

　鬼六がおゆうの顔を撫でまわし、子分どもが笑った。まったく、気色の悪い。

「無駄だよ。私を閉じ込めたら、じきに八丁堀が駆け付けてくる。あんたたち、みんなおしまいだよ」

　言ってやったが、鬼六はまるで動じなかった。

「あの間抜けな下っ引きが、知らせに走ると思ってんのかい。奴なら、この先でのびてるぜ」

千太のドジ。鬼六の手下に襲われたらしい。少なくとも殺されてはいないようだが、大きな怪我をしてなければいいんだけど。

「誰も助けに来ねえぜ。この小屋の壁は厚いから、叫んでも外には聞こえねえ。諦めな」

そのとき、上で別の声がした。

「ちょっとおい、俺の小屋で何をやってるんだ」

鬼六が舌打ちし、階段に戻って上に怒鳴った。

「うるせえぞ仙五郎。てめえの口出すこっちゃねえ」

「あんたら、ここで女を……」

「口を挟むな。文句があるなら金を返してからにしろ」

仙五郎が黙った。やはり借金のせいで、思うように使われているのだ。

「邪魔な野郎だ。余計なことをしねえよう、ずっと見張っといた方がいいって、旦那にゃ言ってるんだが……」

鬼六は、馬鹿にしたように鼻を鳴らすと、おゆうの前に再びしゃがんだ。

「さてと。お前にゃ、いろいろ喋ってもらう。八丁堀がどこまで摑んでるかをな」

「喋ると思ってるの」

鬼六がニヤリとして、おゆうの足に触れてきた。

「たっぷり体に聞くとするさ」

手下どもが、好色そうな目を光らせる。さすがに、ぞっとした。

「けどまあ、日が暮れてからだ。俺たちも暇じゃねえし、ここも、人通りがねえわけじゃなくてな。ゆっくり待っててもらおう」

鬼六は立ち上がり、もう一度おゆうに笑いかけると、手下を促して階段を上った。全員が上り切ると、蓋が閉められ、閂のかかる音がした。幸い縛られなかったので、急いで階段に足をかけ、蓋を押してみた。びくともしない。閂だけでなく、重石に蕎麦粉の袋を置いたらしい。床に戻って、川原に通じるはずの蓋を叩いてみた。こちらも閂がかかっているようで、動かない。完全に、閉じ込められた。

（ヤバい。これ、絶対ヤバい）

ペンライトがあるので暗闇ではないが、出られないことに変わりはない。このままだと、レイプされて情報を聞き出されたうえ、殺されてしまう。当然、千太も殺される。

（どうしよう……）

おゆうは泣きたくなった。レイプされるのも殺されるのも嫌だが、着物を探られると、現代の小物がいろいろ見つかってしまう。それも非常にまずい。

（誰か助けてよ……）

おゆうはその場にうずくまり、途方に暮れた。

そのまま、じっと動けずにいた。どれくらい経ったかはわからない。床の蓋の合わせ目から、微かに光が漏れるので、まだ日暮れではないようだ。

（ごめんね、伝三郎）

気を付けろ、と言われたのに、注意が甘かった。自分が帰らなかったら、伝三郎はどうするだろう。泣いてくれるだろうか。

いや、そんなに悲観してばっかじゃダメだ。状況を変えられないか、考えないと。でもいくら考えても、何も思い付かない。さっきから、頑張らなきゃと思っては落ち込む、の繰り返しだった。ああもう、どうすればいい。耳鳴りまでしてきた。

耳鳴りじゃない。懐で、何か音がしている。何だ、と首を傾げて、はっと気が付いた。インカムだ。今着ているのは、角太郎を捕らえたときと同じ着物だった。小型軽量なので、入れっぱなしなのを忘れていたのだ。

急いで引き出す。インジケーターが点灯していた。バッテリーの残量は、ギリギリだ。しかし、電源はオフにしてあったはずだ。でないと、バッテリーはとっくに切れている。

（あ、そうか。さっき蹴飛ばされて倒れたとき、スイッチが入ったんだ）

ヘッドセットを摑んで、耳に当てた。聞き慣れた声が、鼓膜を打った。

「シエラ1よりヤンキー1、聞こえたらさっさと応答しろ」


「どうしてここに」

応答してから、宇田川に尋ねた。インカムは二、三百メートルしか届かないはずだ。

「説明は後だ。閉じ込められてるのか」

「うん。倉庫の方。川原から上がる階段がある。そこの出入り口は外から閂がかかってるけど、開けられると思う」

「了解。見張りはいるか」

「いるはずだから、気を付けて」

「それも了解。注意して接近する」

「ねえ、千太はどうなったかわかる？」

「ああ、ここへ来たとき、縛られて祠に押し込まれてるのを見つけた。今は通報しに走ってる」

良かった。千太は無事だ。伝三郎や捕り方も来るだろう。これで安心だ。

「だが、応援が来るには時間がかかる。あと一時間もしないうちに日が暮れるぞ」

「え、まずい。日が暮れたら、私の尋問を始めるって。拷問されちゃいそうよ」

「あー、わかった。なんとかする。交信終わり」

おゆうは、ヘッドセットを付けたまま放心して、棚にもたれかかった。地獄に仏。宇田川の声を聞いただけで、涙が出そうになる日が来ようとは。

（とにかく注意してね。あんただけが頼りなんだから）

おゆうは天に祈りながら、待った。五分ほど経った頃、床で音がした。閂が外されたのだ。一拍置いて、蓋がゆっくりと持ち上がった。ペンライトを点灯して、向ける。宇田川の顔が、ぬうっと現れた。

「宇田川君……」

危うく抱きつきそうになった。だが宇田川の方は、至って冷静だ。

「ヘッドセットをしまえ。逃げるぞ」

わかった、と返事してヘッドセットを懐に押し込み、立ち上がろうとした。そのとき、反対側の上層に繋がる蓋が、勢いよく開けられた。

「あっ、このアマ」

鬼六の手下だ。宇田川が下から潜り込むところを、気付かれたらしい。叫ぶと同時に飛び降りてきた。おゆうはとっさに、村正が入っていた蕎麦粉の袋を摑み、中身を一気にぶちまけた。

「くそっ、何しやがる」

手下は舞い上がる粉に巻かれ、腕で顔を覆った。上層でばたばたと足音がし、さらに何人もが下りて来ようとしている。おゆうは隣のうどん粉の袋の紐をさっと引いて解き、それもぶちまけた。続いてもう一つ。舞い上がった粉が充満し、何も見えなくなった。おゆうはその隙に、床の開口部に身を躍らせた。後ろでは、鬼六と手下たちが大騒ぎをしている。余程慌てたのか、バタンと音を立てて上層への蓋が閉じてしまった。視界が真っ暗になる。

「やられた、あのクソアマめ」

「馬鹿野郎、何も見えねえぞ。手燭を持ってこい」

「火打石はどこだッ」

そんな叫びが輻輳(ふくそう)した。直後、宇田川が下から閂をかけた。

「ああ、助かった。信じらんない。ほんとに、ありがとう」

堤に駆け上がったおゆうは、宇田川の手を握りしめた。走りながら、泣きそうになる。

「礼はいい。とにかく、さっさとずらかろう」

「すぐには追えないと思う。あいつら慌て過ぎて、閉じ込められたかも」

「そうか。だが急ぐに越したことはない」

二人は手に手を取って、堤の道を走り出した。こんな映画、見たことなかったっけ。

「蓋が両方とも閉まると、真っ暗だからね。焦って灯りをつけようと、火打石を探してたようだけど」

聞いた途端、宇田川が立ち止まって振り向いた。

「火打石？」

「それが何か？」

宇田川が顔色を変えた。

「まずい。飛べ！」

怒鳴るが早いか、宇田川は堤から、川と反対側の田んぼ脇の草地めがけて、地面を蹴った。

（え、ちょっと、何事よ）

わけがわからなかったが、とにかくおゆうも飛んだ。着地する寸前、堤の向こうで物凄い爆発音が轟いた。

十二

草地に転がり、思わず頭を抱えて伏せたところへ、空から木の破片らしきものが、ばらばらと降ってきた。幾つか体に当たる。あ痛ッ、と思ったが、破片は小さくて怪我するほどではなかった。

恐る恐る顔を上げる。いったい何が起きたんだ。堤を見上げると、誰かが走ってきた。千太だ。おゆうは安堵し、手を振った。

「おうい、千太さん。ここだよ」

声に気付き、千太が立ち止まって堤から見下ろしてきた。

「ああ、姐さん、無事でしたか。しかしいったい何が……おおっと、こりゃあ眼福だ」

千太がニヤリとして目を輝かせた。何だ、と思って、千太の視線の先に目を落とす。

「きゃあ」

堤から飛んで転がった勢いで、着物の裾が大きく開き、生の両脚が太腿の付け根近くまで剝き出しになっていた。

「ちょっと、どこ見てんのよ馬鹿！　見料百文、取るよ」

大急ぎで裾を引き寄せる。千太は慌てて手を振った。

「勘弁して下せえよ、姐さん。それより、何がどうなったんです」

それは宇田川に聞かなければ。そちらを振り向くと、宇田川は赤くなってそっぽを向いていた。

宇田川を促し、堤に這い登った。道に出て真っ直ぐ立ち、小屋の方を見る。そして、唖然とした。

（何なの、これ）

小屋が消えていた。より正確には、ばらばらに散った木片と化していた。粉挽き小屋も半壊し、水車は川原に転がっている。

「宇田川……先生、これってもしや……」

「ああ、いわゆる粉じん爆発だ」

そうか。確かに聞いたことがある。密閉空間に細かい粒子が一定以上の濃度で溜まると、僅かな火花で爆発を起こす。炭鉱とか小麦の倉庫などで、時々起きる事故だ。おゆうがぶちまけた蕎麦粉や小麦粉が、密閉状態になった倉庫内に充満した中で、火打石を使ったためにこうなったらしい。

ふと気付くと、小屋の近くで誰かが棒立ちになっている。駆け寄ってみれば、前掛けをした中年の男だった。「俺の小屋が……」と呆けたように繰り返している。仙五郎らしい。

「仙五郎さん、しっかりして。鬼六は、どうなったんです」

まだ半ば呆然としている仙五郎は、おゆうの呼びかけで我に返り、辺りを指差した。周囲を見回してみると、およそ二十メートル四方に、人間が点々と倒れている。数えると、六人いた。鬼六と手下たちだ。着物を半分吹き飛ばされたり、頭から血を流している者もいるが、死んではいないようだ。呻き声も聞こえる。

「木造の小屋でよかったな。コンクリートの堅固な建物なら、爆圧が拡散しないで内にこもるから、壁に叩きつけられて全員死んでたかもな」

宇田川が、あっさりした調子で言った。鬼六にとっては、幸いなのか不幸なのか。

「あっ大変、村正は」

鬼六に奪われたまま、どうなったろう。爆発で損傷していたら、芦部や戸山に合わせる顔がない。おゆうは残骸の中を走り回った。

のびている手下どもを飛び越え、起き上がりそうになっている鬼六を蹴飛ばしてまた気絶させながら、そこらじゅう見て回ったが、見つからない。すっかり気落ちして、半分壊れた粉挽き小屋を覗いた。

「あ、あった！」

紫の袋が、壊れていない側の壁に立てかけられていた。走り寄って手に取り、中を調べる。有難いことに、見た限りでは傷はないようだ。おゆうはようやく、肩の力を抜いた。

「姐さん、怪我はねえんですかい」

周囲の惨状を眺めつつ、千太が尋ねた。

「私は大丈夫。あんたこそ、大丈夫なの」

「へい。あっしとしたことが、姐さんが小屋を調べてるのを遠巻きに見ていたら、いきなり後ろから殴られやして。気が付くと、縛られて祠の中に。宇田川先生が助けてくれなかったら、まだ祠でもがいてやした」

どれどれ、と後頭部に触れてみると、たんこぶができていた。この程度で済んで、何よりだ。

「奉行所には、知らせたの」

「近所の番屋に駆け込んで、そこの連中を走らせやした。でも、奉行所まで一里半はありやすからねえ。旦那や捕り手が来るまで、あと半刻かそこら、かかるんじゃねえですかね」

「わかった。それまで待つしかないね」

「のびてる連中、目が覚めて逃げ出しやせんか」

「そうならないよう、見張っとくの。起き出しそうになったら、ぶん殴ってもう一回寝かせちゃって」

乱暴な話に、千太が目をぐるぐる回す。

「いいんですかい、そんなこと」

構わない。私をレイプしようとした奴らだ。容赦などするものか。

「あれ、先生は何をやってるんで」

　言われて千太の視線の先を見ると、宇田川がうつぶせでのびている鬼六に屈み込み、尻をまさぐっていた。おゆうは目を剝いてそちらに近寄った。

「何してんの。そういう趣味なわけ」

「いいから、ここを見ろよ」

　宇田川の後ろから覗き込み、意味がわかった。今まで焦っていて気付かなかったが、鬼六の着物は鼠色だった。爆発で吹っ飛ばされたせいで大きく裂けているが、尻のところに、はっきりと擦れた跡がある。

「これ、もしかして神田明神裏の……」

「ああ。死体遺棄現場の土塀で擦ったものだろう。微細証拠のサンプルは採った」

　宇田川は、隠し持っていたピンセットとテープをちらりと見せた。やはり小橋殺しの下手人は、鬼六で間違いなかったようだ。


　堤の道の南に御用提灯の灯りが見えたのは、暮れ六ツを小半刻も過ぎた頃だった。幸い、今夜も月が明るく、鬼六も手下たちも闇に紛れて逃げるわけにいかない。もっとも、走って逃げられる状態の奴は一人もいなかった。

　待っている間に、宇田川からどうやってここに来たかを聞いた。

「ラボの用事はだいたい片付いたから、また来てみたんだ。あんたは留守だったんで、外を歩いていたら源七親分に会った。あんたの居場所を尋ねたら、ここへ行ってるという話だった」

それで、自分もその粉挽き小屋を見てみようと思って来てみた。おゆうの姿が見えないので、その辺をぶらぶらしていたところ、祠から呻き声がするのに気付いた。何事かと開けてみたら、千太だった。

「で、こいつはヤバいことになってるんじゃないかと思って、インカムを試したんだ。正直、あんたがこれを持っていて、しかも電源が入ってる可能性は十パーセント以下だと思ったんだが、呼び出してみるとすぐに応答があったので、ほっとした」

鬼六の手下に突き落とされなかったら、電源はオフのままだった。どうやら、天の神様はちゃんと正義に味方してくれたようだ。

御用提灯が目の前まで来た。その後ろから、聞きたかった声が聞こえた。

「おゆう、無事か。良かった」

「鵜飼様……」

伝三郎が前に出てきたので、感極まって駆け寄り、抱きついた。

「ごめんなさい。気を付けろと言われていたのに」

「ああ、無事ならいいんだ。ほっとしたぜ」

伝三郎もおゆうの背中に手を回して、ぐっと引き寄せてきた。おゆうはしばし、伝三郎の胸に顔を埋めた。

　後ろで咳払いが聞こえた。伝三郎が顔を上げ、慌てて取りなすように言った。

「あー、宇田川先生。先生が助けてくれなすったそうで、誠にかたじけない。大変お世話になりました」

　そうだ、宇田川がすぐ横にいたんだ。それだけじゃなくて、捕り手や小者が二十人くらい、周りを固めている。この場でラブシーンは、ちょっと具合悪いか。おゆうと伝三郎は目を合わせてくすっと笑うと、体を離した。

「いやなに、外から小屋の門を開けただけです」

　宇田川は、変に苛立ったような声を出した。

「ええとその、旦那、鬼六たちをどうしやしょう」

　源七が伝三郎の脇から指示を仰いできた。邪魔してすいやせん、とでも言いたげだ。

「どうするもねえだろう、さっさとふん縛れ」

「いやその、縛ると言うより、戸板か何か要るんじゃねえかと」

　言われて伝三郎は、倒れている連中を見渡した。大半は意識を取り戻していたが、重度の打撲と骨折で、歩けないようだ。伝三郎は、これじゃしょうがねえなと舌打ちし、近所から戸板と荷車を借りてこい、と指図した。小者が何人か、駆けて行った。

「で、先生、ここで何があったんです。小屋が木っ端微塵じゃねえですか」

宇田川は、改めて背筋を伸ばし、粉じん爆発の解説を始めた。カタカナの用語や数値の単位をうっかり口走らないかと冷や冷やしたが、そこはうまくやってくれた。

「へえー、こいつは驚いた。火薬じゃなくても、そんなことになるんですねえ」

伝三郎より源七が驚き、しきりに唸っている。

「まあ、蘭学では知られた話ではありますがな」

宇田川、頼む。その辺にしといてくれ。

「鵜飼様、これが村正です」

おゆうは宇田川を遮るように、伝三郎に脇差の袋を差し出した。

「おう、これか。なるほど、天祥楼から盗まれたやつと、確かに瓜二つだな」

崇善が、わざわざそっくりの袋を用意させたに違いない。

「明日、戸山様に確かめてもらって、丹波守様のところへ返そう。もう調べはいいな」

「はい、大丈夫です」

分析用の繊維は、さっき宇田川が袋からほぐして確保していた。

「ようし、戸板が届いたら引き上げるぞ。ここの調べは、明るくなってからだ」

捕り方たちが、ほっとしたように「へい」と声を揃えた。

芦部は、喜色満面でおゆうたちを迎えた。

「戸山殿、御一同、ようお越し下された。ささ、こちらへ」

芦部に奥座敷へと案内され、戸山と伝三郎を前に、その後ろにおゆうと源七が並んで座った。源七は、そわそわしている。武家の奥座敷で客人扱いされる経験は、初めてなのだろう。

間もなく足音が近付き、芦部が小声で言った。

「殿のお出ましじゃ」

四人は、一斉に平伏した。続いて襖が開き、上座に着座する気配がした。

「久松丹波守じゃ。面を上げられよ」

そう声がかかり、おゆうたちは顔を上げて相手を見た。丹波守は四十前後、至って温和で福々しい容姿だ。旗本家の当主より、呉服屋の主人などが似合いそうだった。

「此度は我が家の一大事に、一方ならぬご助力をいただき、誠にかたじけない。幾重にも御礼を申上げる」

丹波守は本当に恐縮しているように、頭を垂れた。源七が目を白黒させた。四千五百石の旗本が町人に頭を下げるなど、まずもってあることではない。

「恐れ入ります。こちらが取り戻した御脇差でございます」

戸山が、村正を恭しく差し出した。既に中身は戸山と芦部で確認済みだ。

「痛み入る。家宝を奪われる失態、我が不徳の致すところじゃ。世話をおかけした」

丹波守は袋から脇差を出し、鞘から少しだけ抜いてみて、満足げにまた収めた。

「無事に済みまして、重畳にございます」

戸山が言うと、丹波守は「いかにも。有難きことじゃ」とまた少し、頭を下げた。

「して、賊は捕らえたと聞いたが」

「は。盗み出した者、それをさらに奪って売ろうとした者、いずれも捕らえましてございます。裏で指図しておったと思われる天祥楼の崇善めも、捕り方を向かわせておりますゆえ、間もなく捕縛となりましょう」

実は伝三郎は、天祥楼へ行こうとしたのだが、戸山が丹波守の顔を立てるため、こちらに引っ張ったのだ。崇善の捕縛には、境田左門が向かっていた。

「左様であるか。このようなことを申すのは、いささか心苦しいが……」

「心得てございます。御家の名が表に出るようなことは、ございませぬ。御脇差のことも、全て内々に」

戸山が、万事お任せを、とばかりに言上したので、丹波守は安堵の色も明らかに、顔を綻ばせた。

「重ね重ね、世話をおかけする。これ、伴内」

丹波守が芦部に顔を向けた。芦部は一礼し、手を叩いた。襖が開き、三方（さんぽう）を捧げ持った若侍が入ってきた。若侍たちは、それぞれの三方を四人の前に置き、すぐに下がっていった。三方には、袱紗と金包みが載っている。

「殿よりの御礼じゃ。遠慮のう、納められよ」

「ははっ。お心遣い、恐れ入りまする」

戸山が代表して礼を述べた。丹波守が鷹揚に頷く。

「それにしても、天祥楼が関わっていたとはのう。一度しか会うてはおらぬが、いささか怪し気に思えたゆえ、それ以後の関わりは持たなんだ。後で聞いた噂では、出自もはっきりせぬようじゃな」

「いかにも。叩けばいろいろと出てまいりましょう。深く関わらず、ようございました」

「うむ。今後も気を付けねばいかんな。教訓としておこう」

丹波守は、そう締めくくっておゆうたちを送り出した。


「よう、おゆうさん、五両も入ってたぜ」

表の通りへ出た後、貰った金包みを確かめて、源七が浮き浮きしながら言った。

「こりゃあ、戸山様なんぞは幾ら貰ったのかな」

「およしなさいよ、懐を探るのは。でも、そうですねえ、二十両ってところじゃないですか」

伝三郎は、十両ぐらいか。合わせて四十両。村正の実勢価格を考えると、過分と言えたが、御家の名誉を守ったという無形の価値がプラスされているのだろう。前を歩く戸山は、自分の顔も立ったので頗る上機嫌だった。

「これで天祥楼と鬼六が全部白状してくれたら、一件落着ですね。春江さんも、落ち着けるでしょう」

「そうだなあ。あのお嬢さんも気の毒だったが……」

そこで源七の口が止まった。前から、境田左門が血相変えて走ってくるのが見えたからだ。

「何だ、境田ではないか。いったい何事じゃ」

戸山も驚いて足を止めた。境田は戸山の前に来ると一礼し、肩で大きく息をしながら言った。

「大変でございます。天祥楼の崇善が、首を吊っているのが見つかりました」

全員、その足で日本橋青物町に駆け付けた。崇善を捕縛に来た捕り方は、そのまま店の封鎖に回り、野次馬を追い散らしている。

お役目ご苦労様でございます、との小者の声にも応えず、四人は奥に押し通った。奥の座敷では、この前大番屋に来た番頭が、蒼白になって震えながら正座している。

「こちらです」

境田が庭を示した。土間から厨を通って庭に出てみると、クスノキの太い枝から縄がぶら下がり、その下に敷かれた筵に、崇善が横たわっていた。どす黒くなった顔は歪み、口から舌が飛び出している。絞首による窒息死に間違いなさそうだ。

「一刻前、崇善を捕らえに踏み込んだんだが、一歩遅かったようだ。奴が寝ていた布団はあっちの座敷に敷かれてるが、そこにいなかったんで捜してみると、この有様だ」

境田が、いかにも残念そうに伝三郎に言った。

「済まんな。伝さんの手柄になるはずだったものを」

「いや、そいつはいいんだ。ちょいと調べてみようぜ」

伝三郎は崇善の死骸の脇にしゃがみ、首筋の痣（あざ）をまず確かめた。

「やはり、逃げ切れぬと覚悟しおったか」

戸山が溜息をつく。状況からは、いかにもそう見えた。

「痣はそれほどおかしくねえように見えるが」

伝三郎は十手で死骸の着ているものを指した。

「寝間着ってのがなあ。一度布団に入って、それから起き出して首を吊るってのは、あまり聞かねえぞ」

「寝入った後で、鬼六が捕まった知らせを聞いたのかもしれぬ」

戸山が口を挟んだが、伝三郎は気に入らないようだ。そこへ境田が言った。

「実は、他にも気になることがある。踏み台だ」

境田は、木の根元に転がっている踏み台を指差した。棚の上のものを取るとき使う、何の変哲もない踏み台である。

「あれに乗って首に縄をかけ、蹴り飛ばしたはずだよな。だとすると、転がってる格好がおかしくねえか」

それを聞いておゆうも踏み台に目を向け、次いでぶら下がっている縄を見た。

「あ……斜め横に倒れてますね」

首を吊るとき蹴ったなら、普通は真後ろに倒れるだろう。確かに不自然だ。おゆうは庭から座敷にかけて、ゆっくりと見回してみた。

すると、一人の下女が目に留まった。下働きの者たちが数人固まって震えているが、その中で一人だけ、何か訴えたそうな目付きをしていたのだ。おゆうはその下女に歩み寄った。

「どうしたの。もしかして、何か知ってることが？」

下女はびくっとして、俯いた。十六、七の、田舎出らしい純朴そうな娘だ。おゆうは怯えさせないよう、できるだけ優しく問いかけた。

「大丈夫よ。誰も叱ったりしないから。何か見たか聞いたかしたことがあれば、私に言って」

　こういうときは源七などより、女のおゆうの方がずっと有利だ。下女はおずおずと口を開いた。

「あの……昨夜はあんまり寝付けなくて……何度も寝返りを打っていると、戸を叩くような音が奥から聞こえたんです。何かな、と思ったら、次に雨戸が開く音がして。泥棒かも、と思うと怖くなって、布団を被ったんですけど、二、三度、ばたばたって音がしたかと思ったら、すぐ静かになったんです。何だったかわかりません。とにかく怖くてじっとしてたら、いつの間にか寝てしまって……そして朝起きたら、あんなことに……」

　そこまで喋って、下女は目を伏せ、また震え出した。おゆうは「ありがとう。よく話してくれたね」と肩を撫で、振り向いて源七に言った。

「源七親分、裏木戸は」

おう、と源七はすぐに了解し、塀の方へ走った。ほんの数秒で振り返り、大声で呼ばわる。

「門はかかってねえ。足跡もあるぞ。誰か出入りしたようだな」

それを聞いて、伝三郎は腕組みし、唇を嚙んだ。戸山が眉間に皺を寄せる。

「鵜飼、これは……」

伝三郎は、溜息をつきながら答えた。

「残念ながら十中八九、殺しでしょう。どうやら、崇善の裏にもう一人いるようです」

十三

戸山は、厄介なことになったと頭を抱えながら、奉行所に戻った。源七は、境田と一緒に天祥楼の周辺捜索に回った。伝三郎は、もう一度粉挽き小屋の跡を調べるという。おゆうは伝三郎に従った。

大川沿いを歩くと、この前と同じく爽やかな川風が渡っていく。今度は伝三郎と二人の道行きだが、橋場町が近付くにつれ、監禁されたことを思い出して足が竦みかける。そんなおゆうを気遣ってか、伝三郎はいつもよりゆっくり歩いていた。本当は、走って現場に急ぎたい気分だろうに。

何だか申し訳なくて、口数が少なくなっていたところ、道の先に千太と藤吉の姿が見えた。

「あ、鵜飼の旦那に姐さん。お待ちしてやした」

千太が大声を上げて手を振っている。千太は完全に回復しているようで、おゆうは安心した。

「おう、ご苦労。何か見つかっ……」

言いかけた伝三郎は、小者たちと一緒に地面を探っている宇田川を見つけ、驚いて駆け寄った。

「先生、ここで何を」

「うん？　ああ、鵜飼さん。ちょうど良かった」

宇田川は立ち上がって、よっこらしょと腰を伸ばした。

「こんなものがありましてね」

掌に何か載せ、伝三郎の目の前に出して見せた。おゆうも、何だろうと覗き込む。一センチ足らずの陶器の破片と思えるものが、そこにあった。

「これは？」

伝三郎が怪訝な眼差し（まなざし）を向ける。宇田川は、周辺を手で示した。

「ここらに散らばっていました。爆発で壊れ、飛び散ったようですな」

伝三郎は、だから何だと言いたそうな顔をしている。あれだけの爆発だ。皿や茶碗があったら、当然粉々になっているだろう。

「さて、ここ半年か一年ぐらいで、織部焼（おりべ）の逸品が盗まれた、という話はないですか」

「織部の逸品？　あー、そう言えば今年の初めに、深川の油問屋で大事にしていた織部の茶碗が……」

ここで伝三郎も、宇田川の言わんとすることがわかったようだ。

「こいつはその、織部の欠片だと言われるんで？」

宇田川は、いかにも、と頷いてみせる。

「よくご覧を。織部特有の、緑釉薬が使われています。粉挽き小屋で使うような代物じゃ、ありませんな」

伝三郎は欠片を摘み上げ、うーむと唸った。

「もしかして、他にも」

「左様。丹念に調べれば、何か出るでしょう」

「驚いたな。ここに隠してあったのは、村正だけじゃねえってことか」

それでおゆうも思い出した。倉庫にあった粉の袋は、大きさがまちまちだった。隠したい品物に合わせて、袋を作っていたのだろう。あの蕎麦粉の倉庫は、盗品倉庫として使われていたのだ。

伝三郎が地面を調べている間に、おゆうは宇田川の袖を引いた。

「どうしてここを調べる気になったの」

「調べるってほどじゃない。分析するのに面白いものがないかと思って、漁ってたんだ」

「証拠品を勝手に回収しちゃ、ダメじゃん」

「だがそのおかげで、織部の破片が見つかったんだぞ」

「間違いなく、織部なんでしょうね」

「昨日拾って、夜のうちに分析しておいた。釉薬は、確かに織部のものだ」

どさくさ紛れに、いろんなことをやっているようだ。今回は、偶然の手柄か。

「もっと違うものも、見つけて拾いたかったんだが」

宇田川は、まだ足りないのかぶつぶつ言っている。伝三郎は、ざっとの検分を終えて、おゆうに言った。

「こいつは、思ったより大掛かりな話のようだな。生憎と、鬼六たちは大怪我で、しばらく話ができるような具合じゃねえ。取り敢えず、仙五郎がどこまで知ってたか聞いてみよう」

「仙五郎というのは、ここのオーナーですか」

げっ、宇田川め。カタカナ言葉を使っちゃったじゃない。

「いや、翁(おきな)ってほど、年を食っちゃいねえが」

幸い、伝三郎が聞き違えてくれた。宇田川も気付いて、慌てて言い直す。

「ああ、そう、ここの主人ですな、仙五郎というのは」

「そうですが、先生は会いましたか」

「いや、会おうと思って捜したんですが、姿が見えません」

「見えない？」

伝三郎は後ろを振り向き、「千太！」と大声で呼んだ。

「へい、何でしょう」

「お前、仙五郎がどこにいるか知らないか」

「いや、昨夜六ツ半頃まではいたんですが、今朝から見てねえです。家を覗いたら、空っぽでしたし」

「ふうん。どこへ行きやがったか……」

伝三郎は周囲をぐるりと見回し、首を捻った。

「あ……もしかすると、夜逃げかも」

千太が、しまったという顔になった。

「家の中は、変に片付いてたような気が。借金残したまま、小屋がおしゃかになって、商売ができなくなりやしたからね」

伝三郎の顔が曇る。

「夜逃げだけならまだしもだが、どこかで首なんか吊っちゃいねえだろうな」

それから、さっきの崇善の姿が目に浮かんだらしく、さらに難しい顔になった。

「まさか、仙五郎も殺られちまってる、てことはねえと思うが……」

「あ……私、家の方を調べてきます」

伝三郎が漏らすのを聞いて、おゆうも不安になった。

「家はあれですぜ」

藤吉が、土手下の板ぶき屋根を指差す。踏み分け道が通じていた。おゆうは、わかったと頷き、そこを下りていった。


小ぶりな家で、普請はいささか安っぽく、柱などは中古品に見えた。土間の横に狭い台所、それぞれ六畳ほどの板の間と畳の座敷。押入れはなく、畳んだ夜具が隅に置いてある。家具は簞笥と火鉢ぐらい。殺風景だが、男の一人暮らしとしては、こんなものだろう。だが千太が言ったように、ずいぶん片付いた印象だ。

「なるほど、がらんとしてるな」

後ろで宇田川の声がした。何の興味か、おゆうについて来たらしい。

「あれ、こっちに来たの。じゃあ、せっかくだから手伝ってよ」

「何を手伝う」

「念のためだけど、血痕とかないかチェックを」

「ルミノール試薬は、持ってきてないぞ」

「肉眼でいいから。どっちみち、ルミノール反応を伝三郎や千太に見せられないでしょ」

それもそうだ、と呟き、宇田川は畳や柱を調べ始めた。おゆうは簞笥を開けてみた。くたびれた着物が二枚ばかり。下着類はない。

（最低必要限度の衣類は、持っていったか。やっぱり夜逃げかな）

そう納得しかけたとき、板の間の方でかたかたと音がした。振り向くと、宇田川が床板を叩いている。

「何か見つかったの」

「いや、少なくとも血痕は見当たらないが、江戸の家ってのは、床板を釘づけしないのか」

「いやまあ、床下に入れるように、固定しない場合もあるけど」

おゆうは宇田川の叩いている板をよく見た。確かに、開けられるようだ。

「持ち上げてみようか」

おゆうが言うと、宇田川は板の端を強く叩いた。反対の端が少し浮いたので、指をかけて持ち上げ、脇にどかせた。開いた穴から、床下を覗き込む。

「床下の地面にも、板があるな」

宇田川は腹這いになって手を伸ばし、その板をずらせた。下に、埋め込んであるものがあった。

「何だこれは。でかい壺（つぼ）か」

「甕、って言いなよ。床下収納の代わりでしょ」

口の直径がおよそ三十センチ、深さが五十センチほどの甕の中は、空っぽだった。

「こんなものに、何を収納するんだ」

「うーん、味噌とかじゃなさそうね。大事なものを隠す、金庫代わりにするときもあるけど……」

金庫代わりだったとすると、有り金は全部持っていったろうから、空っぽなのは当然だ。

（でも、借金を返せてなかったんだもの、そんなにお金はないはずよね。小銭ばっかじゃ、持って夜逃げするには邪魔だし。いや、鬼六たちに隠して、案外貯め込んでたとか）

事件に巻き込まれるのが嫌で、貯めた金で再出発を図ろうと考えたか。うん、それなら気持ちはわかる。

（この甕に一杯のお金があったら、結構な額だろうなあ）

朴訥な職人風に見えたけど、意外に小金持ちだったりして。だったら、夜逃げという言い方は、ふさわしくないか。

そう思ったとき、全く別の可能性が頭に閃いた。

「宇田川君！」

いきなり怒鳴ったので、さすがの宇田川もぎょっとしたようだ。

「な、何だよ」

「この家の指紋採って。急いで」

「指紋だと？　どこから」

「鍋、釜、包丁とかがあるでしょう。道具類も。それから採れるよね」

「ああ、充分だが」

宇田川は当惑を隠さなかったが、すぐさま持ち歩いている指紋採取キットを出した。


作業は十五分ほどで終わった。さすがに手際がいい。

「で、こいつを何と照合する」

「後で説明する。さっさとここから引き上げましょう」

おゆうは宇田川を急かしながら、堤に戻った。

「おう、どうだ。仙五郎がどこへ行ったか、わかるものはあったか」

伝三郎がおゆうの顔を見て聞いてきたが、それには直接答えず、嚙みつくような勢いで言った。

「鵜飼様、すぐ仙五郎を摑まえないと。街道筋へ向かったかもしれません」

その様子を見て、伝三郎も顔つきを変えた。

「何があった。仙五郎が危ないのか」

「いいえ。とにかく、確証を摑んだらお話しします」

そこまで言って、走りだそうとする。伝三郎が驚き、「どこへ行くんだ」と聞いた。

「天祥楼です」

それだけ答えると、おゆうはまだ事情を摑み切れていない宇田川を追い立てるようにして、市中へ急いだ。


「その指紋、データに入れておいて。この後、照合してもらうから」

「わかった。あんたの東京の家でスキャンしておく。照合指紋はいつ届く」

「二時間、ってとこかな。それじゃ、お願い」

浅草御門で宇田川と別れ、そのまま天祥楼に向かった。着いてみると、幸い店の者は、誰も現場に手を付けていなかった。おゆうは番頭に断って、庭に転がった踏み台を、かっさらうようにして持ち出し、ほとんど小走りで家に帰った。踏み台を担いで大通りを駆ける女の姿は、かなり異様に映ったろうが、気にしてなどいられない。

「お待たせっ」

着物姿のまま東京の家に駆け込み、宇田川の陣取る座敷に踏み台をどん、と置いた。宇田川も着物姿で、開いたノートパソコンに齧(かじ)り付いている。

「さっきの指紋はデータ化できてる。そっちの指紋をくれ」

優佳はすぐさま、踏み台にパウダーを振った。浮き出た指紋は、有難いことに思ったほど多くない。ほとんどは、下働きの下女のものだろう。捜すのは、一番新しい指紋だ。

「よし、採れた」

優佳は指紋のついたシートを、さっと宇田川に手渡した。

「三人分はありそうだな」

もごもご呟きながら、宇田川がスキャンにかける。照合対象がその程度なら、時間は大してかかるまい。

「照合完了。一致した」

宇田川が宣言したのは、三十分後だった。

「よっしゃあ」

優佳は両手でガッツポーズを出してから、宇田川の肩を叩いた。

「ご苦労さん。これでやっと筋書きが見えたわ」

「どういうことなのか、説明しろよ」

優佳はニヤリとして、宇田川の目の前で人差し指を振る。

「では、おゆう姐さんの見立てを聞かせてあげましょう」

「結局のところ、何がどうなっておるのだ」

困惑を極めたような表情で、戸山が聞いた。

「一言で申しますれば、天祥楼の崇善は、大掛かりな故買屋であった、ということです」

伝三郎が答えた。詳細は筆頭同心の浅川源吾衛門を通じて、南町奉行筒井和泉守まで報告が上がっているが、内与力の戸山は正規の捜査指揮系統から外れているため、改めて説明を求められたのだ。

「つまり、盗人から様々な盗品を引き取り、闇で売りさばいておった、と申すのか」

「まさしく、左様でございます」

人数を増やして粉挽き小屋の跡を徹底検証した結果、少なくとも五種類以上の陶器の破片や絵画の燃え滓(かす)が見つかっていた。被害は相当な額に上るだろう。

「丹波守殿の村正は、その中の一つであった、と」

「はい。崇善が刀好きであったのは間違いございませんが、それと闇の商いとは、また別のようで」

刀の故買に関しては、趣味と実益、ということもあったんだろうな、とおゆうは思う。引き取った盗品の刀のうち気に入ったものは、自分で所持していたのだ。それは、天祥楼を再捜索した際、蔵の隠し戸の奥から発見されていた。

「では、崇善を殺したのは……」

「粉屋の、仙五郎でございます」

「粉屋が？　何故だ。借金のせいで悪事に巻き込まれた恨みか」

「いいえ。仙五郎こそが、故買屋の頭目だったのです」

「なんと……」

戸山は目を剝いた。

「どうしてわかった」

「あの粉挽き小屋のからくりですが、小屋を建てたのは仙五郎です。崇善と鬼六が段取りして、建てたのではないのです。にも拘わらず、粉をしまうだけの小屋にしては、造りが厳重過ぎました。しかも、伝手もなく橋場町に現れたのに、建てる金をどう工面したか、誰も知りません」

「それだけか」

「仙五郎は、ずっと鬼六たちに見張られていたわけではありません。鬼六は、誰か手下を粉挽き小屋に張り付けておきましょうと崇善に言ったそうですが、不要だとあっさり退けられました。つまり、仙五郎はいつでも、恐れながらと訴え出ることができたわけです。でも、そうはしなかった」

戸山は、ふうむと唸ったが、まだ確信を持てないようだ。そこでおゆうも話に加わった。

「何よりも、動きが早過ぎます。小屋が吹き飛んでから、僅か一刻のうちに仙五郎は姿をくらましております。普通なら、粉屋の商いをなんとかして続けられないか手立てを探り、八方塞がりとなってから初めて夜逃げでしょう。小屋の跡を調べられたら、故買の品が見つかるかもしれないと恐れ、間を置かずに動いたのです」

この説明には、おゆうも苦労した。指紋が一致した以上、間違いはないはずだが、それを表に出せないため、今一つ説得力が不足していた。それでも伝三郎に話すと、全部に辻褄が合うのはその考えしかあるまい、と賛同してくれたのだ。

「うーむ。まあ、頷けなくはないな」

伝三郎とおゆうの熱心さに、戸山は根負けしたように首を縦に振った。

「崇善と仙五郎は、もともと何者だったのだ」

「は、まだ調べの途中ではありますが、それにつきましては、八州廻りが」

八州廻りは、勘定奉行配下の関東取締出役(かんとうとりしまりでやく)の通称である。関八州を巡回して警察業務に当たるため、そう呼ばれていた。

「うむ。仙五郎の行方を追うため、そちらへも手配りしたとは聞いたが」

「はい。実は仙五郎の人相特徴を知らせましたところ、年恰好と江戸に現れた時期も併せて考えると、十年ほど前まで野州から常陸にかけて荒し回った盗賊ではないか、と言うのです。確証はございませんが、八州廻りの方ではいささか色めき立った様子で」

「崇善は、武家の出だと吹聴しておったのではないか」

「出自を誤魔化す作り話でしょう。仙五郎と崇善は仲間で、ほとぼりを冷ますため江戸に出て、商売替えをしたのでは、と」

浅川源吾衛門などは、最初はおゆうと伝三郎の話に疑いも露わだったが、八州廻りの話を聞いた途端、掌を返していた。複雑な陰謀を暴いた手柄を得られるうえ、尻ぬぐいは八州廻りに押し付けられるとあって、その盗賊こそ仙五郎と崇善に違いないと決めつけたのだ。浅はか源吾と揶揄される所以であろう。

「盗む方から、上前を撥ねる方へ回ったのか。確かにその方が手堅いかもしれん」

戸山が、なるほどと頷く。

「しかし、なぜ料理屋と粉屋なのだ」

「料理屋を買ったのは、単に表の顔を整えるためですが、粉屋については、盗品を隠して運べる商いということで、知恵を絞ったようです。仙五郎の考えでしょう」

「その仙五郎が崇善を殺した、というのは間違いないのか」

「仙五郎は小屋が吹き飛んだ夜、こっそり町の木戸を抜け、天祥楼の裏木戸から入り込み、雨戸を叩いて崇善を起こした。もと盗人ならそのぐらいの忍び込みはできるでしょうし、蕎麦粉を納めるのに何度も出入りして、店の勝手も知っていますから」

「仲間割れか。いや、口封じか」

「そのようです。全てを知っているのは、自分以外には崇善しかいない。崇善がお縄になれば、自分の正体もやってきたことも全てばれます」

「仙五郎は、崇善に脅されて使われている、哀れな粉屋を演じていたわけか」

「左様でございます。吉原通いは本当のようですが、借金の話は嘘です。故買で相当稼いでいたわけですからな。鬼六などは所詮使い走りの小者で、そのことを知りませんでした」

　仙五郎の偽装は、完璧だった。織部の破片が見つかり、おゆうが指紋を調べなければ、崇善は逃げ切れぬと覚悟した自殺、仙五郎は商売できなくなったための夜逃げ、ということで片付けられていたに違いない。

「崇善を始末した仙五郎は、我々の手が回らぬうちに、故買の商いで稼いだ金を持って、逐電いたしたわけだな」

　戸山は改めて念を押すように言い、ふう、と溜息をついた。

「相わかった。村正を追ううち、瓢箪(ひょうたん)から駒が出たか」

「後は、仙五郎を捕らえねばなりませんが」

伝三郎は、苦渋の色を浮かべた。仙五郎の行方は、まだ摑めていない。とっくに江戸は出たと思われ、今は八州廻りに任せるしかない。

「気を揉んでも、致し方あるまい。もはや我等の手を離れたも同然じゃ」

戸山は宥めるように言って、おゆうに顔を向けた。

「おゆう、此度もよい働きであったな。ご苦労」

「もったいなきお言葉にございます」

おゆうは神妙に頭を下げた。これで一段落、ということか。

戸山の部屋を辞してから、何か旨いものでも食おう、と伝三郎が言うので、二人して日本橋の方へ向かった。ランチデート、という風情だ。

「しかし今度は、お前も大変だったな」

「ええ、ほんとに。もう少しで殺されちゃうところでしたから」

軽く言ったものの、思い出すと震えがくる。

「済まん。粉挽き小屋には、俺も一緒に行くべきだった」

伝三郎がまた真剣な顔で詫びるので、おゆうは、よしてくださいと笑って手を振った。

「だってあのときは、こんな大きな話が隠れてると思わなかったですから。盗まれた刀の売り買いぐらいで、岡っ引きを殺すなんて、大袈裟過ぎますもの」

考えてみれば、鬼六に脅されたとき、それに気付くべきだった。粉袋の仕掛けにしても、数本の刀のために設えたにしては、あまりに大層だったのだ。

「確かにそうだな。小橋さんを殺したのも、あれだけの闇商売を守るためとしたら、納得がいく。春江さんは、そうは思わないだろうがな」

「鬼六は、小橋さん殺しを吐いたんですよね」

「ああ。とりあえず、殺したことだけは認めた。だが、顎が砕けちまってるんでな。もっと詳しいことを喋らせるには、もうしばらく暇がかかりそうだ。他の手下どもは、ろくに事情を知っちゃいねえ」

宇田川からは、鬼六の着物から採った証拠など、残る全ての分析結果が届いていた。それらは伝三郎とおゆうの見立てを裏付けていたが、彼の分析はあくまで趣味優先である。御白州では、自供と状況証拠でも充分有罪にできるだろう。

「崇善の指図で始末して、村正を奪ったところまでは間違いねえだろうが」

「じれったいですね」

「まともに喋れねえんじゃ仕方ねえ。どこへも逃げられるわけじゃなし、気長に待つさ」

やはり崇善は、村正が欲しくて小橋を殺したのか。いや、単純過ぎる。伝三郎が言うように、闇商売を守るためだろう。

(え、ちょっと待ってよ)

小橋は角太郎から、崇善に村正を売る、という話だけしか聞いていなかったはずだ。それでも崇善は小橋を殺す必要があったのだろうか。それに……。

「うん？　どうした」

おゆうが急に立ち止まったので、伝三郎が心配そうな顔で尋ねてきた。はっと我に返る。

「何かまた、気になることでも思い出したか」

おゆうの頭の中に、明確な疑問点が形を成し始めていた。

「はい。とても気になることを、思い出しました」

十四

数日ぶりで会った春江は、心痛で痩せてひと回り小さくなったように見える。だが、その顔には血色が戻りつつあった。

「父を殺めた下手人を、お縄にしていただきましたこと、本当にありがとうございます。これで父も、ようやく浮かばれます」

春江はおゆうに向かって、丁寧に両手をついた。口調はしっかりしている。この様子なら、傷は遠からず癒えるだろうが……。

「春江さん、下手人は捕らえましたが、御白州に備え、幾つか確かめておかなくてはなりません。よろしいですか」

頭目の仙五郎が逃走中であることには、敢えて触れなかった。春江は「何なりとお尋ね下さい」と頷いた。

「小橋さんが殺された夜、暮れ六ツ頃に家を出た、とおっしゃいましたね。そのとき、どんなご様子でしたか」

「どんな、と言われますと」

「何かを恐れているようだとか、心配事があるようだとか、逆に気分が良さそうだったとか、そんなことです」

「ああ、はい」

春江は少し考えてから、言った。

「心配そうな様子は、ありませんでした。どちらかと言うと機嫌が良く、敢えて申しますと、昂揚していたような」

緊張感はなく、寧ろハイになっていたのか。

「出かけられる前、前日とかでもよろしいんですが、誰かから連絡……繋ぎや文（ふみ）のようなものが来たことは」

「いえ、なかったと思いますが」

「誰かがここを見張っている、と感じたことは」

「いいえ。この長屋はご覧の通り、隠れて何かができるところではございませんから」

春江の言う通り、ここは隙だらけのオンボロ長屋で、住人に気付かれずに監視するのは不可能だろう。

「仕官のことを口にされていたそうですが、もう少し詳しくはお聞きになっていませんか」

「はい、どこへ、という話は……」

聞いていないとは言ったものの、春江は「ただ」と付け加えた。

「田舎大名に仕えるのは、もう御免だ、と漏らしておりました」

「ということは……仕官先は大名家ではないかもしれないんですね」

「はい。江戸暮らしが気に入っておりましたようで。でも、それ以上はちょっと。京や大坂、堺、長崎でもいいな、なども申しておりましたが、これは戯言でございましょう」

「そうですか……大変失礼なことを申しますが、ここでの暮らしは、春江さんの内職だけで賄っておられたのですか」

不躾(ぶしつけ)な質問に、春江は少し眉をひそめたが、恥ずかし気に俯いて答えた。

「私の内職など、僅かなものです。父は、時折どこかからお金を工面していたようですが、それも少しばかりで。ですが、算盤(そろばん)は私などより、父の方が立っておりましたから」

この時代、武家の娘で算数教育を受けている者は、かなりレアだろう。一方、納戸役だった小橋なら、算盤ができて当然だ。

「わかりました。大変ありがとうございました」

おゆうが礼を述べて座を立ちかけると、春江は、もういいんですかと意外そうな顔をした。

「はい、今はこれで充分です。失礼をいたします」

春江に見送られて湯屋横町を出たおゆうは、その足で南町奉行所に向かった。今からなら、ちょうど退勤時刻に間に合う。


奉行所の門前でおゆうが摑まえたのは、伝三郎ではなかった。

「境田様、境田様」

呼び止められた境田左門は、おゆうの顔を見て頰を緩めた。

「よう、おゆうさんか。伝さんなら、外回りだが」

「いえ、今日はお顔の広い境田様に、ちょっとお願いがございまして」

「へえ、俺に頼みかい」

境田は、何だか嬉しそうだ。

「おゆうさんみたいな別嬪の頼み事なら、何でも聞くぜ。数寄屋橋を渡ったところの茶店で、聞かせてもらおうか」

境田は堀の向こう側の賑わいを指差して、そちらに歩き出した。


その翌日のこと。家に小者が使いに来て、おゆうは大番屋に呼び出された。何だろうと行ってみると、伝三郎も源七も揃っていた。召集をかけたのは、戸山だ。雁首を揃え、三人で顔を見合わせて、何事だろうと言い合っていると、戸山が廊下を歩いて来た。三人に頷いて座敷へと手招きし、小者に襖を閉めて誰も近付けるな、と命じた。おゆうは緊張した。何か厄介事のようだ。

「まず、いい話からだ。仙五郎が、中山道深谷宿の旅籠に、行商人に身をやつして泊りおったところを、八州廻りと宿場役人に捕縛された。この月のうちに、江戸送りとなる手筈じゃ」

「それは重畳。思ったよりずいぶんと早うございましたな」

伝三郎が意外そうに言った。それはおゆうも同じで、半年や一年はかかると思っていたのだが。

「もともと盗人であったからな。近傍の顔役の一人が、以前に仙五郎に煮え湯を飲まされたことがあったらしい。その縁者に、顔を見られたようだ。おそらく、覚えのある土地で稼ぎ直そうと考えたのであろう。或いは、隠れ家の心当たりがあったのか」

土地勘のある場所へ逃げたのが、裏目に出たか。お天道様は、ちゃんと見てらっしゃる。

「あの、いい話と言われましたが、それじゃあ悪い話もありますんで？」

源七が、遠慮がちに聞いた。戸山は、苦い顔になった。

「悪い話は、これじゃ。角太郎を放免することになった」

「はあ？」

おゆうは思わず現代風の素っ頓狂な声を上げ、伝三郎に小突かれた。慌てて居住まいを正す。

「角太郎が盗みを働いたことは、明白です。何ゆえ、そのような」

伝三郎が困惑気味に問うた。しかし不満なのは、戸山も同様らしい。

「恐れてはおったのだが……誰も、届けを出さぬのだ」

「は……それはつまり、角太郎が忍び入った大名屋敷や旗本屋敷が、盗みがあったと届け出ない、ということですか」

戸山は渋々頷く。

「しかし、丹波守様は。我らに相談され、現に村正を取り戻したではございませんか」

「芦部殿は、家名が表に出ないならばと角太郎の処断を了解しておられたが、久留里藩が盗みそのものをなかったことにする、と聞き及び、ならば当家も、という気になったらしい」

「それはまた……では、他の御家もそれに倣って、なかったことにしてくれと」

「岩舟藩に至っては、当屋敷に賊が入ったことなど一度もない、の一点張りじゃ。御奉行も、これでは如何(いかん)ともし難い、と言われてな」

御家の名誉に関わる、ということか。確かに大名屋敷の保安体制が、笊(ざる)同然だと世間に知れ渡るのは都合が悪いだろうが、被害届を拒否されれば、犯行の存在自体が立証できなくなる。これでは、御白州は成り立たない。

「だからと言って、一足飛びに放免というのは正道に反しますぞ」

伝三郎は怒りも露わにして、食い下がる。だが、戸山はかぶりを振った。

「御奉行より直々の御指図じゃ。やむを得ぬ。鼠小僧という呼び名も、忘れろ」

その一言で、おゆうはようやく、なぜ一年早く鼠小僧が現れ、歴史の裏に消えたのかを理解した。来年、本物が現れたとき再び、この中の誰かが鼠小僧の名を思い出すのだ。

伝三郎はなおも粘ったが、戸山は頑として受け付けなかった。仕方なく、三人は不満を抱えたまま大番屋を出た。

「本当に悪い奴は仙五郎と崇善です。仙五郎を小伝馬町送りにできるだけでも、まだましですよ」

おゆうは宥めるように伝三郎に言った。それでも伝三郎は、不満たらたらだ。

「角太郎を捕らえたことについちゃ、お前は骨折り損になったんだぞ。もっと怒れよ」

「はあ、そりゃまあ、私も面白くはないですけど」

源七の方は、溜息をつきながらも何やら感心している風だ。

「しかし、あの村正を奪い取ってきて金儲けしようとした崇善は殺され、鬼六もあのざま。仙五郎は間違いなく獄門だ。こいつも村正の祟りってやつですかね」

おやおや、源七は妖刀伝説が気になって仕方がないらしい。

「でもって、村正から縁の切れた角太郎は、打って変わって放免ときた。やっぱり村正にゃ、手を出しちゃいけねえんだろうぜ」

「源七親分、村正の呪いを信じてるんですか」

「えっ、だってそうだろう。奴らがどうなったか見てると、薄気味が悪いやな。くわばら、くわばら」

こういう積み重ねが、村正妖刀伝説を補強していったんだろうな、とおゆうは思う。現代のＳＮＳのフェイクニュースと、軌を一にするところがあるようだ。そう言えば、史実によると確か来年あたり、村正の関わる血腥い事件が江戸城中で起きるはずだった。が、今のところそれは自分たちに関係ない話だ。

結局、刀が呪うのではない。呪いを作り出すのは、人なのだ。

「大丈夫ですよ。私も源七親分も、村正なんか買えませんから」

そういうことじゃなくてだな、と、まだ源七はぶつぶつ言っている。

「村正はともかくとして、一旦は盗みに手を染め、おそらく味をしめてる角太郎を、あっさり市中に戻すのは納得いかねえな。またどっかに忍び込んだら、どうするんだ」

伝三郎の機嫌は、まだ直っていない。その考えも、もっともだった。

「だったら、また捕まえて、今度こそ小伝馬町送りにしてやりやしょう」

源七がお気楽にそんなことを言った。

「馬鹿野郎。そんなに簡単に済む話か」

却って伝三郎の神経に障ったらしく、源七は首を竦めた。だが、角太郎については、おゆうに考えがあった。

「あの、鵜飼様」

何だい、というように伝三郎が振り向く。

「角太郎ですけど、今少し、調べていることがあるんです。二度と盗みをさせないよう、話ができるかもしれません」

「そりゃあ……どういう話なんだ」

　伝三郎は好奇心を呼び起こされたらしく、不満顔を消して首を傾げた。


　日がだいぶ傾いた頃、家に戻ると、幾らも経たないうちに表で境田の声がした。

「あら、境田様。呼んで下されば、伺いましたのに」

「なあに、見回りのついでだ。気にしねえでくれ」

「じゃあ、どうぞお上がり下さいな」

「いやいや、伝さんの留守に上がり込むのもなんだ。ここでいいや。あ、一杯だけもらえると有難いな」

　境田は刀を置いて、上がり框に腰を下ろした。おゆうは台所で冷や酒の銚子を用意し、盆に載せて持っていった。

「おう、済まないねえ。しかしいつもこんな具合におゆうさんの酌で飲んでるなんて、伝さんはつくづく果報者だ」

「お上手ばっかりおっしゃいますね。ささ、もう一杯」

　境田はいつもの人好きのする笑みを浮かべて、盃を傾けた。

「で、頼まれた件だが」

「はい」

おゆうは銚子を置いて、座り直した。

「知り合いを介して、岩舟藩の馬廻役を摑まえた。浅草の料理屋でちょっとましなものを食わしてやったら、知ってることを全部喋ってくれたよ」

さすがは、人の懐に入るのを得意とする男だ。

「ありがとうございます。それで、どうでした」

境田は顎を撫で、思わせぶりに笑う。

「あんたの考え、外れちゃいなかったぜ」


数日のうちに、角太郎の放免は正式に決定され、本人にも伝えられた。角太郎は、思ったより神妙に受け入れたらしい。黙って居住まいを正し、平伏していたという。

しかしながら、何もかも以前の通りに、とはいかない。角太郎は、江戸から追放されることになった。江戸十里四方所払いに処されたわけではない。二度と江戸に姿を見せるな、戻って来たら命の保証はない、ということだ。口止めの脅しを兼ねた、厄介払いである。

このことは、家族がいないため身元引受人として、鳶親方の松蔵に伝三郎から伝えられた。正規の取り扱いではないので、町名主を通さず直接に、である。口外無用、という伝三郎の厳命を受け、松蔵は自分の責任において、事情を伏せたまま交流のあった名古屋の鳶親方に文を書き、角太郎の引き受けを依頼した。相手は、松蔵が太鼓判を押すならばと、快諾したそうだ。松蔵は今も、角太郎の人柄に対しては信用を揺るがせていないのだ。

その日、おゆうは大番屋へ出向いた。玄関では、伝三郎が待っていた。放免を前に、角太郎ともう一度話をするためである。

牢から角太郎が連れて来られるまでの間、二人で待っていると伝三郎が聞いた。

「春江さんは、もう承知したのか」

「はい。嬉し泣きしてました」

昨日、おゆうは春江を松蔵のもとに呼び、放免のことを話した。春江は大変驚いていたが、素直に喜びを見せた。そのうえで、おゆうは春江に向き合い、真っ直ぐに問いかけた。あなたはこの先の人生を、角太郎と共にする覚悟はあるか、と。

おゆうからそんなことを聞かれるとは、思っていなかったのだろう。春江は、すっかりうろたえていた。が、すぐに気を取り直し、姿勢を正しておゆうの目を正面から見た。

「はい」

きっぱりとした答えだった。息を詰めていた松蔵が、ほうっと肩の力を抜いた。

「やれやれ、安心したぜ。あんたがついてりゃ、角太郎も二度と妙な気を起こすまいよ」

「春江さん、よく言ってくれました」

おゆうも春江に微笑みかけた。春江の目に、涙が溢れだした。


「そうか。なら、良かった」

伝三郎も、安堵の息を吐いた。そこへ、角太郎が引き立てられてきた。縄こそ打たれていないが、だいぶ薄汚れてしまっている。髭もすっかり伸びていた。

角太郎は二人の前に座り、「お世話をおかけしやす」と両手をついた。伝三郎は角太郎にじっと視線を注ぎ、やがて言った。

「角太郎。お前は、四、五日のうちに放免となる。何度も聞いてるだろうが、そのまま江戸を出て、二度と戻ってくることは許さん。承知しているな」

「へい。胆に銘じておりやす」

春江が同行を承諾したことは、まだ言っていない。サプライズは、あってもいいだろう。

「よし。それに先立ち、どうしてもお前に確かめておきたいことがある。話は、このおゆうがする。包み隠さず、答えろ」

角太郎は、いったい今頃何だと疑問に思ったようだが、ただ「へい」と応じた。伝三郎は、おゆうに目で促した。おゆうも、黙って頷きを返す。今から話すことは、全て伝三郎に伝えてあった。

「まず聞きます。あんたが最初に盗みに入ったのは、富士見坂の岩舟藩上屋敷。それは、小橋さんを追い出した藩から金を盗って、困窮している小橋さんにこっそり渡すためだった。間違いないね」

「へい、相違ありやせん」

何を今さら、という色を隠さず、角太郎が答える。おゆうは先に進んだ。

「じゃあ、牛込の久松丹波守様の屋敷を選んだのは、どういうわけ」

「えっ？」

そういう聞かれ方は予想していなかったらしく、戸惑いが見えた。

「いや、そいつはたまたま、で」

「丹波守様の屋敷は、大通り沿いでもなく、目立つような造りでもない。たまたま選ぶ、というのは得心がいかないね」

「どういうことです。あっしが初めから、丹波守様の屋敷を狙ってたみたいな言い方だが」

「その通り。あんたは、村正を盗み出すのが目的で、丹波守様の屋敷に入ったのよ。指図を受けてね」

　角太郎の顔に、驚愕が現れた。

「ちょっ……ちょっと待って下せえよ。いったい誰が、あっしに指図をしたと」

「小橋紀右衛門よ」

　その名を聞いた角太郎は、しばし呆然として固まった。二拍ほど置いてから気を取り直すと、苦笑しながら言った。

「ご冗談を。あんな律儀なお方が、どうしてそんな真似を。罪を被せられたのに言い訳もせず、黙って御家を出なすったようなお方が、そんな……」

「罪を被った、って誰から聞いた？　その話、知ってる人はいるけど、もとは小橋さん自身の口から出たのよ」

「違うと言いなさるんで」

「そう。小橋さんは、謂(いわ)れのない罪を背負ったんじゃない。本当に、長年にわたって使い込みをやってたのさ」

　それを探り出したのは、境田左門だった。

「あの小橋って浪人は、とんだ食わせ者だったようだな」

「とおっしゃいますと、使い込みの事実は、やはり」

「ああ。上手い具合に証しを消してやがったんで、なかなか尻尾が摑めなかったそうだ。だが長いことやってりゃ、いつかはボロが出る。とうとう帳簿の改竄がばれたんだが、藩の重役で奴からだいぶ袖の下を貰ってたのがいてな。うっかり表沙汰にすると御家騒動になりかねない、ってことで、切腹は見逃す代わりに叩き出したんだ。使い込んだ金は、遊郭に消えちまって、ほとんど残ってなかった」

「そこまで聞き出したんですか。恐れ入りました」

「なあに、大概の奴は、ちょいとこの辺をくすぐってやると、内緒話でも喋っちまうもんだ。大したことねえ奴ほど、大事なことを知ってる大物に見せたがるんだよ」

境田は自分の顎をさすりながら言った。こういうテクニックを自在に駆使する境田は、やはり奉行所になくてはならない人材だった。

「それで小橋さんは、まだ子供だった春江さんを連れて湯屋横町の長屋に落ち着いた。春江さんが大きくなると、習わせた針仕事で内職をさせて、自分は適当に日銭を稼いでは遊んでたらしいね。使い込みで手元に残っていた金も、少しはあったみたいだけど、それも底をついた。だから新しい稼ぎを探さなくてはいけなくなった。で、どうしたか」

ここで角太郎の様子を窺った。だが、この辺りの話は角太郎もよくわかっていなかったらしく、当惑している。仕方ないな、と思って先を続けた。

「藩の御納戸役として勤めていたとき、見聞きしたことを利用したのよ」

岩舟藩主、大山兵庫頭は刀道楽で、刀自慢の会を催したり、招待されたりしていた。その段取りや刀の買い付けを担当していたのは御納戸役で、小橋も深く関わっていたのだ。

「小橋さんはねえ、その御役目から、丹波守様ほか何人かの御旗本が、村正を秘蔵していることを知っていた。三河以来の御旗本は、関ヶ原(せきがはら)の前から村正を持っていて、子孫に伝えている御家が多いそうでね」

「じゃあその……それで丹波守様に狙いを」

角太郎はその事情は初めて聞いたようで、つい口走った。すぐに失策に気付き、はっと口を閉じたが、もう遅い。角太郎は、小橋の指示だったことを認めてしまったのだ。

「知っての通り、村正は何かと噂の尽きない妖しの刀。小橋さんは、このことを何かに使えないかと、知恵を絞った。そうして、一石二鳥の名案を思い付いたの」

「一石二鳥？」

「あんたはそこまで気付かなかったのね。小橋さんは、金と仕官の両方を手に入れようとしたのよ。丹波守様の村正を使って」

「金はともかく仕官って……そんなこと、できるんですかい」

角太郎は、今やこちらの話に引き込まれている。おゆうはにんまりとした。

「小橋さんは、できる、と踏んだ。この裏を取るのは、大変だったけど」

裏取り捜査には伝三郎ばかりか、境田も源七も、戸山までも動員することになった。だがその甲斐あって、全貌が摑めたのだ。

「まず、小橋さんは盗品でも気に入った刀なら買うという崇善の噂を聞き出し、その感触を探った。崇善は、千子村正の逸品なら、どうしても欲しい、と話してたことがあるようね。それを耳に挟んだ小橋さんは、村正を盗んで高く売りつけようと考えた。けど、それは誰でも考える。よくできているのは、その先」

「どういうことなんで」

「丹波守様は長崎奉行になろうとしていた。決まりかけてたんだけど、もう一人、なりたいと思っている御旗本がいた。柏木左京亮というお方。あんたはこんな話、知らないだろうけど、長崎奉行になるには、村正を持っていることが邪魔になりかねないの」

「ああ……読めてきやした」

角太郎が眉を上げた。

「小橋さんは、丹波守様が村正を持ってることをばらして、長崎奉行争いから蹴落とし、そいつを土産に左京亮様のところへ仕官しようって企んだんですね」

「だいたいその通り。あんた、なかなか頭がいいね」

角太郎は、ほんの少し口元を緩めた。

「小橋さんは、伝手を使って丹波守様が村正を、刀自慢の会で内密に披露することを摑んだ。その前夜には、村正が蔵から出されているだろうことも」

小橋は、御納戸役だった頃、同様に刀自慢の会の世話人をしていた、他家の同役と親交があった。その中から、丹波守と親しい旗本家の用人を探し、仕官の感触を探るという口実で訪れ、丹波守が出席する会の情報を得たのである。それは、村正が出る予定だった会の出席者、中塚大膳の用人だった。これは戸山に頼み込み、何とか聞き出してもらったのだ。

「だけど、村正を盗み出すのは難しい。刀自慢の会を狙うのが確実だけど、小橋さん一人でそんなところを襲うのは、さすがに無理。どうしようかと思案に暮れていたら、目の前に格好の相手がいるのに気付いた」

「それがあっしだった、ってわけですかい」

「鳶職のあんたが、春江さんに惚れてるのは小橋も気付いてた。だから、借金で難儀していることを吹き込み、岩舟藩の仕打ちを嘆いてみせた。そうやってうまく誘い込めば、あんたの性分なら岩舟藩から金を盗んでくるだろう、って見込んだのよ。で、あんたは知らず知らず、その手に乗せられて思惑通りに動いてしまったのさ」

「飛んで火に入る夏の虫、か」

角太郎は苦い顔で、吐き捨てるように言った。それで小橋に、首根っこを摑まれたのだ。角太郎のことがなければ、小橋も諦めて、柏木左京亮に丹波守が村正を持っている、という情報を流すだけで終えたかもしれない。最悪の巡り合わせになってしまった。

「人助けしようとしたことをネタに強請られちゃ、立つ瀬がないねえ」

おゆうが同情気味に言うと、角太郎はかぶりを振った。

「強請られたり脅されたりしたわけじゃねえ。頭ぁ下げて、頼み込まれたんだ。金を投げ込んでくれたのはあんただろう、じゃあもう一つ助けてくれってね。詳しい事情は言えねえが、丹波守様のところから刀を盗んでくれたら、自分たちは救われる、そう言われたんだ」

「そうか……そう来たら、あんたとしちゃ、春江さんのために一肌脱がないわけにはいかないねえ」

「小橋の旦那に足元を見られて、いいように使われたわけか。まったく、間抜けだぜ俺は」

「間抜けじゃない。あんたの気持ちをまんまと利用した小橋さんが、悪（ワル）なのよ」

角太郎はがっくり肩を落とし、小さく頷いた。

「あんたは首尾よく村正を盗み出してから、小橋さんに渡したんだね」

「そうなんで。これで喜んでもらえると思ったんですが、ちょいと様子が違いやした。天祥楼に引き取ってもらうつもりだ、とは聞いてやしたが、言葉では仕方なくそうするんだって言うものの、何だか浮ついた感じで」

「当たってる。鬼六が吐いたところによると、小橋さんは村正を崇善に、五百両で売ろうとしたのよ」

「五百両、ですかい。てっきり五十両くらいと思ったのに」

角太郎は、目を丸くした。

「いくら村正の銘品だと言っても、そこまでの値にはならない。崇善が度々盗品を買っていることを承知で、足元を見たのね。嫌なら他所（よそ）へ持っていく、その代わり、あんたが盗品を買おうとしたと役人に知られるかもしれんから、覚悟しろ、とか言ったんでしょう」

欲しい品なら盗品でも買うらしい、という噂程度なら、奉行所も本気で動かない。そういう金持ちは、さほど珍しくはないからだ。だが実際に盗品売買に関わった証人が出れば、話は違ってくる。

殺された晩、暮れ六ツに家を出た小橋は、途中で角太郎から村正を受け取り、その足で天祥楼に行ったのだ。小橋の計画では、崇善に村正を買わせ、それを柏木左京亮に伝えて、崇善から買い取らせる。小橋の計画では、崇善に村正を買わせ、それを柏木左京亮に伝えて、崇善から買い取らせる。村正の拵えには久松家の家紋があるので、それを老中に見せれば、丹波守はスポイルされて、左京亮に長崎奉行のポストが回る。自分はその手柄で、柏木家に仕官する。そういう筋書きだったのだろう。だが、崇善の闇商売は小橋が思ったよりずっと大きかった。マフィアのボスを強請ったようなもので、小橋は知らずに地雷を踏んだのである。

「崇善に命じられて、小柴の鬼六が小橋さんを追い、帰り道で始末して村正を奪った。崇善は自分の大掛かりな闇商売を守る必要があったから。でも、まだ村正を盗み出したあんたがいる。あんたがどこまで知ってるかわからない以上、手を打たないといけない。それで、村正に見せかけた刀を餌にして、あんたを殺そうと待ち伏せてたの。ま、そのときはあんたの方が、うまく立ち回ったわけだけど」

怪我から回復して喋れるようになった鬼六の自供によると、小橋を殺す理由については、村正で五百両を強請ってきたからだ、と崇善から聞いていたらしい。角太郎については、ただ、刀を盗りに来る奴がいるから、捕まえてそいつも片付けろ、と言われたそうだ。鬼六の想像力では、言われたままに動くのが関の山だったのか。

「そうですかい。やっと全部、呑み込めやしたよ。小橋さんが何か良からぬことを企んでる、ってことは感じでわかりやしたが、そんなややこしいことだったとはね」

角太郎は溜息をつき、唇を噛んだ。そして、ぼそりと呟いた。

「結局、俺もただの駒だったんだな」

ここで伝三郎が声をかけた。

「角太郎、お前がこのことを喋らなかったのは、春江さんのためか」

角太郎は、哀し気な表情を見せた。

「その通りで。春江さんは、小橋の旦那が悪事を企んでるなんて、これっぽっちも知りゃあしねえ。世間が思ってる通り、真っ当で親切なお人だと思ってる。だから、知ってることを言うわけにいかなかったんでさあ」

その気持ちは、よくわかった。敬愛する父親が実は札付きの小悪党だったと知ったら、春江がどれほど衝撃を受けるか。

「そのための作り話としちゃ、よくできてたな。最初は俺たちも、すっかり信じ込んじまった。御上を謀(たばか)ったのは、許し難いが」

角太郎は、「申し訳ございやせん」と改めて頭を下げた。

「ま、俺たちも小橋の見かけの評判に、すっかり騙(だま)されてた、ってことだ」

伝三郎は、自嘲するように肩を竦めた。

十五

頬を撫でる風は、既に秋風の趣だった。潮の香りが風に乗り、家並みを越えて広がっている。左に連なる屋根の向こうは、もう海なのだ。

伝三郎とおゆうは、東海道を品川に向けて歩いていた。二人の前には、角太郎と春江が、旅姿で連れ添っている。もう少し行けば、高輪の大木戸だ。

(そう言えば去年の秋、同じようなことがあったっけ)

おゆうは、一年足らず前のことを思い出した。ある一件に関わって江戸を出ることになった一家を、中山道の板橋大木戸まで見送ったのだ。今日は東海道で、送り出すのは仮祝言を挙げたばかりのカップルだった。

やがて、高輪大木戸が見えてきた。ここも板橋のそれと同じく、木戸そのものは撤去されており、木戸が取り付けられていた石垣だけが、街道の両側に残っている。角太郎と春江は、石垣のところまで来て立ち止まり、揃ってこちらを向いた。

「旦那、おゆう親分さん、お世話になりやした。これで、おさらばさせていただきやす」

角太郎と春江は、一緒に深く腰を折った。春江は、既に武家娘ではなく、町人の新妻の装いになっている。親類はいるはずだが、小橋が藩を追われてから縁を切られた、とのことで、天涯孤独なのだ。ならば、好いた男と添い遂げるのに、武家身分などもう要らない、と心に決め、それを姿に現しているのだろう。

「角太郎さん、最後に一つ」

おゆうは角太郎を手招きし、そっと尋ねた。

「あんたが岩舟藩と丹波守様の屋敷以外にも盗みに入ったのは、やっぱり小橋の指図だったの。それとも、あんたが言ったように、困っている人にお金を撒くのが気持ち良かったから？」

角太郎は、一瞬口籠った。それから、困ったような、詫びるような笑みを浮かべた。

「実はその……両方です」

「両方って言うと」

「小橋さんから、少なくとももう一軒は盗みに入るよう、言われてたんです。全然関わりのない屋敷にも入っておかないと、理由を勘繰られたらまずい、ってことで」

「あんたが入ったのは、都合四軒の屋敷。残り一軒は、あんたの考えだったのね」

「へい……面目ねえ」

角太郎は、目を伏せた。

「ですがその……今から思えば、そのときだけは自分は誰かの駒じゃねえ、って気がしてたんでしょうねえ。自分の考えで、誰かのために何かしてるって。だから、気分が良かったんでしょう。馬鹿なことをしやした」

やはり、そうか。角太郎も、孤独な男だ。彼にとっては、精一杯の自己表現だったのかもしれない。

「わかった。二度とやるんじゃないよ」

「も、もちろんです。金輪際、やりゃあしやせん」

「春江さんを泣かせたら、今度はあんたの身に、村正の呪いが降りかかるからね。よく覚えときな」

「へ、へい。胸に刻んどきやす」

角太郎は身震いした。気付くと、春江が怪訝そうにこちらを見ているので、そこまでで解放してやった。

「ようし、もう行くがいい。二度と戻るんじゃねえぞ」

伝三郎に促され、角太郎は「へい」と頷いて春江を見た。

「じゃあ、行こう。春江さ……お春」

そう呼んだ角太郎の顔が、赤くなった。

「は、はい。お前……さま」

答えた春江も赤くなり、恥ずかしそうに俯いた。伝三郎が、咳払いする。初々しいじゃない、とおゆうは微笑ましく思った。

二人はもう一度、揃って深々と一礼すると、踵を返し、やがて東海道の雑踏に紛れていった。

（踏み外すなよ。二人どこまでも寄り添って、つましくても真っ当に生きるんだぞ）

おゆうは二人の背に向かって、心の中で叫んだ。


「やれやれ、これでどうにか片付いた。後は仙五郎の調べが残ってるが、新しいことはもう出てこねえだろう」

伝三郎が、大きく伸びをして、潮香の混じる空気を一杯に吸った。

「芝口界隈の料理屋で、飯にしよう。旨い店があるって、左門が言ってたぜ」

「あら嬉しい。境田様が言われるなら、間違いありませんね」

おゆうはまた、伝三郎の脇にぴったりくっついた。伝三郎がちょっと落ち着かなげになるのが、面白い。

「丹波守様は、無事に長崎奉行に就かれるんでしょうか」

思い出して、聞いてみる。伝三郎は、あまり興味がないようだった。

「さあな。芦部様は内々で決まってるように言ってたが、最後は御老中の腹次第だろう」

やはり、正式決定は公示されていないのだ。実はおゆうは、ネットで検索して、歴代の長崎奉行に久松丹波守の名も柏木左京亮の名もないことを確認してあった。推測だが、村正の件がどこかで漏れ、二人の猟官争いに辟易した幕閣上層が、喧嘩両成敗のような形で、両方とも袖にしたのではなかろうか。

「ところで、宇田川先生はしばらく見えねえな」

「ええ、用事は済んだとかで、さっさと帰られました。また気が向いたら、現れるんじゃないでしょうか」

「そうかい。気楽で羨ましいな」

まったくだ。あれでも経営者の一人なのだが、動きだけ見ているとそうは思えない。

「いずれは、こっちから礼に伺わなくちゃあ、な」

伝三郎はそう言って、おゆうの顔を見た。何だか、反応を見ているみたいだ。

「あー、別に気にしなくていいんじゃないですか。気まぐれな先生ですし、堅苦しいことは嫌いのようですから」

受け流すと、伝三郎も「まあ、考えとこう」と軽く引いた。やっぱり宇田川のこと、だいぶ気にしているようだ。困ったなあ。

「あっそうだ、この先、増上寺ですよね」

「ああ、そうだが」

「私、お参りしたことないんです。寄っていきませんか」

「お参りかい。まあ、いいが」

「お天気もいいですし、せっかくですものね。ほら、まいりましょう」

おゆうは伝三郎の手を握って、引っ張った。江戸ではあまりないことだ。伝三郎は、どぎまぎしている。

（あはっ、角太郎と春江さんを見ていて、ハイになっちゃったかな。まあ、たまにはいいか）

浮き浮きとしながら、参道へ入った。増上寺の山門は、もうすぐそこだ。

＊　　＊　　＊

（何だよ、手まで握っちまって。今日はずいぶん、浮ついてるな）

伝三郎は、おゆうに引っ張られながら首を傾げた。

（ははあ。宇田川先生のことを俺がしきりに気にするもんだから、誤魔化そうとして粉をかけてやがるな。いやそれとも、俺が妬いてると思って、楽しんでるのか）

まったく、食えねえ女だぜ。伝三郎は、胸の内でニヤニヤする。まあ妬いてると言われれば、あながち的外れではないが、それ以上に気になることはある。あの先生が千住なんかに住んでないことは、まず確かだ。おゆうには内緒だが、一度千住に行って、聞き込みをしてみたのだ。案の定、宇田川らしい人物を見知っている者は、一人も見つからなかった。

（今回は、粉じん爆発ときたか。恐れ入ったもんだ）

炭鉱の事故で、そういう例があるのは知っている。伝三郎が元々いた世界、昭和二十年八月の終戦前後は、無理な増産で炭鉱の事故が増えている、と噂に聞いていた。一介の学徒士官には、報道されない情報などなかなか伝わらないが、粉じん爆発もあったようだ。無論、江戸でそんな現象のことを知っている人間は、まずいないだろう。

（火薬らしい臭いはしなかったから、先生が爆薬で吹っ飛ばしたわけじゃなく、言う通りの粉じん爆発だったんだろうが）

あの先生は、ちょっと何を仕出かすかわからないところがある。未来から来ているのがほぼ疑いないからには、必要があれば機関銃の一丁くらい、持ち込みかねない気がしていた。この前、捕物に関わったときには、手榴弾（しゅりゅうだん）のようなものを実際に使った形跡がある。

（まあ機関銃なら対処できなくもないが、最大の問題は……）

先生が、おゆうに惚れているらしい、ということだ。自分につっかかるような態度をときに見せるのは、そのせいだとしか思えない。

（おゆうは、どの程度それに気が付いてるのか）

おゆうも、捕物に関する閃きは目を見張るほどだが、そっちの方面については、どうも鈍感なところがあるようだ。

（おゆうはおゆうで、俺が煮え切らないのを、鈍感なせいだと思ってるかもしれねえが）

それは違う、と言いたい。伝三郎自身は、おゆうに本気で惚れているんだと、浅草寺の五重塔のてっぺんで叫んでもいいくらいだ。

（だが、正体をはっきり見極めるまでは、なあ）

じれったいが、我慢するしかない、と思っている。深い関係になれば、何が起きるかわからない。

（探るなら、先生の方が尻尾を掴みやすいかもしれねえな）

おゆうも時々、ボロを出しそうになるが、正体がわかるほどの決め手には、まだ欠ける。未来から何しに来ているのか、その手掛かりはこれといってない。さて、どうしたものか。

「鵜飼様、考え事ですか。ほら、石段にぶつかりますよ」

おゆうに手を引かれ、我に返った。いつの間にか、山門の下に着いていた。

「ここは、初めてだったのか」

「ええ。寛永寺と並んで、公方様ゆかりのお寺ですから、見たいとは思ってました」

肩越しに振り返り、にっこり笑う。そんな姿を目にすると、伝三郎の胸は疼いた。

(しかしまあ……しょうがねえ。もうしばらくは、このままで辛抱だな)

伝三郎は首を振り振り、軽やかな足取りのおゆうに続いて、山門をくぐった。

＊　＊　＊

壺振りが、さっと壺を持ち上げ、場を仕切る中盆が、賽の目を読んで高らかに言った。

「勝負！　二、六の丁！」

「ああ、畜生。またかよ」

二助は、天井を仰いで情けない声を出した。ここは、本所界隈でも場末にある寺で開かれている、賭場だ。二助は暮れ六ツからもう一刻余りも賭け続けているが、最初に少しばかり上向いたものの、小半刻前から負けっ放しだった。

(まったく、この寺の強欲坊主は、賭場の上がりで幾ら儲けてやがるんだ。少しくれえ、こっちに施しをくれねえと、お釈迦様の罰が当たるってもんだぜ)

心中でぼやきながら、懐に手を入れる。そこで、すっからかんなのを思い出した。

「くそっ」

呻いて立とうとしたとき、両側に若い衆が立っているのに気付いた。ここを任されている代貸の手下だ。

「これで、終わりにしなせえ」

若い衆の一人がしゃがみ、耳元で言った。

「何言いやがる。勝負は終わってねえぞ」

「もう、素寒貧でしょうが」

ぐっと言葉に詰まる。ちらりと奥に座る代貸に目をやってから、未練がましく言った。

「あと一勝負だ。いいだろ」

若い衆は、いい、とは言わなかった。

「代貸は、一文も貸す気はねえ、とおっしゃる。とっとと帰りな」

若い衆は、戸口に顎をしゃくった。何を、といきり立って怒鳴ろうとしたが、何人かに睨まれた。代貸はと言うと、お前なぞ相手にする気も起こらねえ、とばかりに帳面に目を落としたままだ。

「ああ、そうかよ。なら、とっとと消えてやらぁ」

強がるように喚くと、憤然として表に出た。擦り切れた絣の着物に、秋風が染み通って体を冷やす。何もかも、ついてねえ。

（鳶の仕事にありつけりゃ、まだ何とかなるが）

博打が過ぎて前の親方には放り出されたが、松蔵親方のところでは、そこそこ働いたと思っている。だが、そこで角太郎の手伝いをして、岡っ引きに踏み込まれてからは、松蔵のところにも戻れなくなってしまった。

（簡単な仕事だったはずなのに）

天祥楼という料理屋を見張る。それだけで小遣いをくれた。だが、角太郎が屋根から入って盗みをやるのを見て、つい欲を出しちまった。それで池之端の小屋まで行って、駄賃をせびったのが間違いだ。逃げようとしたが、女岡っ引きに十手で腕をぶっ叩かれ、何日も痣が消えなかった。あの女、なかなかの別嬪だったのに、やることが乱暴だ。

（角太郎はお縄になったようだが、どうなっちまったのか）

危なくて、大番屋や奉行所に様子を見に行くこともできない。だが、角太郎は自分より若いのに、鳶の腕も盗みの腕も、見上げたものだった。特に、盗んだ金を貧乏長屋に配り歩いた、ってのがいい。ただ盗むだけでなく、その金で貧乏人を助けてやる。それこそ、男の中の男じゃねえか。

二助は、身を竦めながら夜更けの堅川沿いを、とぼとぼと歩いていた。あと何日かして秋が深まったら、この着物では寒過ぎる。と言って、袷の着物を質から出す金の目途は、立たない。

（こんなことじゃ、先行きは真っ暗だ）

情けない話だ、と嘆いたが、ふと立ち止まった。待て待て。俺だって鳶人足だ。角太郎より少し落ちるかもしれねえが、なあに、自分でちょいと修業すりゃ、屋根から忍び込むぐらい、何とでもなる。

（そうだ。角太郎がいなくなったなら、俺が同じことをやったっていいんだ）

武家屋敷に入るのは、角太郎が言うには案外簡単らしい。何よりも金が大事で、常に盗人の用心を怠らない大店と違って、自分たちが狙われるとは、あまり考えていないのだ。

それだ。武家屋敷を襲って、金を恵んで歩く。偉そうにしている侍たちの顔に泥を塗ってやれるし、貧乏人たちからは有難がられる。まあ、そのうちからちょっとぐらいは、博打に使ってもいいだろう。そんな仕事が、他にあるか。

「それしかない。やってやろうじゃねえか」

つい、声に出てしまった。慌てて見回したが、誰も聞いていない。ほっとして、また考えを巡らせた。

（よし、まず小銭を稼いで、半年くらいかけて忍び込みの腕を磨こう）

そう思ったら、急に気分が上向いて、目の前が明るくなった気がした。もちろん、実際には真っ暗な夜だったが。

鳶の仕事は、もうやめだ。博打で放り出されてから、本名では雇ってくれるところがなかったので、二助という冴（さ）えない名前を名乗っていた。だが、もう必要ない。本来の名前に戻ろう。親からもらった、次郎吉という名前に。

行く道を決めた次郎吉は、金が無いことも夜風が冷たいことも忘れ、背筋を伸ばして意気揚々と歩き出した。

それが、鼠小僧次郎吉がこの世に誕生した瞬間だった。

本書は書き下ろしです。

この物語はフィクションです。作中に同一の名称があった場合でも、実在する人物・団体等とは一切関係ありません。

宝島社
文庫

大江戸科学捜査　八丁堀のおゆう
妖刀は怪盗を招く
（おおえどかがくそうさ　はっちょうぼりのおゆう　ようとうはかいとうをまねく）

2020年10月20日　第1刷発行
2023年11月20日　第3刷発行

著　者　山本巧次
発行人　蓮見清一
発行所　株式会社 宝島社
〒102-8388　東京都千代田区一番町25番地
電話：営業 03(3234)4621／編集 03(3239)0599
https://tkj.jp
印刷・製本　中央精版印刷株式会社

ISBN 978-4-299-00941-8